Eva-Maria Langenberg
Wohl zu der halben Nacht

Eva-Maria Langenberg

Wohl zu der halben Nacht

24 Weihnachtsgeschichten

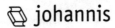 johannis

Bibliografische Information der Deutschen Bibliothek
Die Deutsche Bibliothek verzeichnet diese Publikation in der
Deutschen Nationalbibliografie; detaillierte bibliografische
Daten sind im Internet über http://dnb.ddb.de abrufbar.

ISBN-10: 3-501-05311-8
ISBN-13: 978-3-501-05311-9

Johannis Großdruck Paperback 05311
© 2006 by Verlag der St.-Johannis-Druckerei, Lahr/Schwarzwald
Umschlagbild: R. Kirsch
Umschlaggestaltung: Christine Karádi
Lektorat: Ulrike Chuchra/Dr. Ulrich Parlow
Gesamtherstellung: St.-Johannis-Druckerei, Lahr/Schwarzwald
Printed in Germany 16331/2006

www.johannis-verlag.de

Inhalt

Christfest an fremdem Strand 7

Die Stickerin und der Dieb 17

Die kleine Schar 25

Der verlorene Schlüssel 33

Spuren im Schnee 39

Die Zuflucht 45

Die Köchin und der Junge 51

Der Heimkehrer 57

Ein neues Zuhause 63

Der Besuch des Bischofs 69

Weihnachten in der Bahnhofshalle 77

Die Lichter brennen 81

Endlich in Sicherheit 85

Schuld und Vergebung 93

Die Beterin auf der Insel 101

Brot 107

Spanische Weihnacht 113

Weihnachten im Zuchthaus 119

Wohl zu der halben Nacht 125

Das Weihnachtsgeheimnis 133

Die verlorene Tochter 139

Wölfe 145

Das unerwünschte Kind 149

David und Goliath 157

Christfest
an fremdem Strand

Es war schon spät im Jahr. Das Segelschiff, das die Pilger im letzten Augenblick noch hatten chartern können, hatte die kleine Schar nach Wochen der Seekrankheit, der Stürme, des Hungers, ja, und schließlich der Verzweiflung endlich in einer unbekannten kleinen Bucht abgesetzt, weit von ihrem eigentlichen Ziel entfernt. Es war ihr Glaube, der sie dazu gebracht hatte, die Heimat zu verlassen. Es war aber auch ihr unerschütterlicher Glaube, der ihnen auf dieser beschwerlichen Seefahrt das Herz gestärkt hatte. Der letzte Sturm, der härteste von allen, hatte sie weit nach Norden abgedrängt und nun blieb ihnen nichts anderes übrig, als sich in diesem unbekannten, menschenleeren und fremden Land eine neue Heimat zu schaffen.

Als Anführer, der sich um die praktischen Seiten der Ansiedlung kümmern sollte, hatten die Pilger einen kräftigen jungen Mann gewählt, der Johannes hieß. Auf seinen Rat hin sollte als Erstes ein langes Haus gebaut werden, damit sie alle eine Unterkunft hätten. In dieser Jahreszeit war es wichtig, möglichst bald einen guten Schutz vor Wind und Wetter zu haben. Keiner von ihnen wusste, wie man ein Haus errichtete. Die meisten von ihnen stammten aus alten, gut situierten Familien und das Arbeiten mit den eigenen Händen war ihnen fremd. Bereitwillig ordneten sich Alt und Jung, Mann und Frau Johannes unter und befolgten seine Anweisungen.

Zuerst mussten am nahen Waldrand geeignete Bäume gefällt und für den Bau des Hauses vorbereitet werden. Der Kapitän ihres Segelschiffes, der sich nicht den wütenden Winterstürmen auf dem Meer aussetzen wollte und in der Bucht ankerte, bis eine ruhigere Rückfahrt möglich wäre, gestattete ihnen fürs Erste, auf dem Schiff zu übernachten, bis sie eine Unterkunft auf dem Festland erstellt hätten. Da die Schiffsbesatzung die vorhandenen Vorräte für sich benötigte, mussten die Siedler sich selbst um ihre Ernährung kümmern. Von den Matrosen lernten sie, Robben und Fische zu fangen, um sich so zu versorgen. Was sie noch an eigenen Vorräten hatten und was ihnen das Meer gnädig gab, kochten die Frauen auf einem offenen Feuer. Der Kapitän zeigte ihnen eine besondere Art von Seetang, den man wie Gemüse zubereiten konnte und der sehr gesund sein sollte.

Die jüngeren Männer, die mutig und kräftig genug für die Jagd waren, wagten sich in den Urwald vor. Dort erbeuteten sie hin und wieder einen Hirsch, ein Rüsseltier, einen Tapir oder einzelne Vögel, die ihnen unbekannt waren, sich jedoch als durchaus schmackhaft erwiesen; alles ein willkommener Beitrag zur Ernährung der Gruppe.

In einer Höhle entdeckte einer der Jäger einen großen Korb, der aus unbekannten Fasern geflochten war und eine Menge Maiskolben enthielt. Und am Waldrand fanden ein paar Frauen Stauden mit fleischigen Wurzelknollen, die ebenfalls essbar zu sein schienen. So musste die kleine Schar niemals Hunger leiden.

Dank der tatkräftigen Hilfe des Schiffszimmermanns und einiger Matrosen konnte das Langhaus zur rechten Zeit fertiggestellt werden. Endlich hatten sie ein eigenes Dach über dem Kopf! So rückte bei all der Arbeit und Sorge das erste Weihnachtsfest in dem neuen und fremden Erdteil näher. Es sollte mit Würde, aber auch Freude und Dankbarkeit gefeiert werden und die Männer und Frauen daran erinnern, warum sie die Pilgerfahrt auf sich genommen hatten.

Johannes war bestürzt, als er merkte, dass viele der Auswanderer niedergedrückt und freudlos ihrer Arbeit nachgingen. Die lange, beschwerliche Reise und die Enttäuschung, nicht am richtigen Ziel angekommen zu sein, machte die Leute mutloser, als er gedacht hätte. Er hoffte, dass das hohe Fest der Christenheit auch hier seine heilsame und wunderbare Wirkung tun würde.

Oft verließ Johannes das große Haus, um allein zwischen den Felsen hoch über dem Strand zu beten. Auf diese Weise holte er sich täglich Kraft und Hilfe. Er musste für viele Menschen stark sein, für viele planen und vorausdenken und er musste der Letzte sein, der den Mut verlöre. Doch Johannes stand nicht allein da. Der Prediger der kleinen Gemeinde war zwar alt und gebrechlich, aber er hatte die Fahrt in die unbekannte Fremde gewagt, um seiner Herde ein zuverlässiger Beter und Helfer zu sein. So trugen beide Hirten, der geistliche und der irdische, die Nöte der Siedler auf ihren Herzen und wandten sich mit ihren Sorgen immer wieder an Gott, den besten Helfer in der Not.

Johannes teilte jedem eine geeignete Arbeit zu. So hoffte er, die Männer und Frauen durch stete Beschäftigung vom Grübeln und vom Heimweh abzulenken. Auch die größeren Kinder beteiligten sich fleißig an einzelnen Aufgaben. So sorgten sie dafür, dass immer genug Holz zum Befeuern des mächtigen Steinherds vorhanden war, den die Männer aus großen Felsbrocken von den Klippen gebaut hatten.

Die hintere Hälfte des Langhauses diente als Schlafraum. Halbhohe Balkenwände teilten den Raum in Zellen, die je nach Zusammengehörigkeit bewohnt wurden. Es war eng, aber warm. Mit der Zeit gewöhnten sich die Pilger an ihre neue Umgebung und ihre täglichen Pflichten, die sich so sehr von dem unterschieden, wie sie früher gelebt hatten.

Am Tag des Christfestes scheuerten die Frauen die Tannenholzböden im Langhaus, und die kleinen Mädchen bestreuten sie mit Sand. Die Männer sorgten für Tannengrün, das an den Wänden aufgehängt wurde und herrlich duftete. Ein paar junge Mädchen zeigten sich geschickt darin, Kerzen aus Hirschtalg zu ziehen. Bei all den Vorbereitungen wuchs auch die Vorfreude.

Der Heilige Abend brach an. Es war eine kalte, klare, aber windstille Nacht. Eine der jungen Frauen trat für einen Augenblick vor die Tür, um an dem flimmernden Nachthimmel den Stern zu suchen, der zur Krippe des Gotteskindes geführt hatte.

Da stand plötzlich wie aus dem Boden gewachsen ein unbekannter Mann vor ihr. Beinahe hätte die Frau aufgeschrien vor Schreck. Der Fremde war trotz der Kälte nur mit einem Hirschfell bekleidet, an den Beinen trug er Fellgamaschen, aber auf dem Kopf einen prachtvoll-farbigen Federschmuck, der fast bis zur Erde reichte.

Das konnte nur ein Ureinwohner des neuen Landes sein – vielleicht einer der sagenumwobenen Indianer? Die Frau wusste nicht, ob sie sich fürchten sollte. War der rothäutige Mann etwa gekommen, um sich eine weiße Frau für sein Dorf zu holen? Bisher waren die Siedler noch nicht in Kontakt mit den Bewohnern des Landes getreten.

Da öffnete sich die Tür hinter der Frau, die immer noch reglos vor dem fremden Besucher stand.

11

Johannes, der sie bei den anderen vermisst hatte, suchte nach ihr. Im ersten Augenblick war er genauso überrascht wie sie. Er fand jedoch schnell, dass der Indianer keinen feindseligen Eindruck mache. Im Gegenteil! Vor dem weißen Mann, der doch ein Eindringling auf seinem ureigenen Gebiet war, legte er die rechte Hand auf die Brust, streckte die andere weit aus und senkte kurz den Kopf. Es schien, als böte er den Fremden einen Willkommensgruß in seiner Heimat.

Johannes versuchte, es ihm nachzutun. Er war mit den Riten der Indianer nicht vertraut, aber er wollte sich ebenfalls freundlich zeigen. So öffnete er weit die Tür und lud den Indianer mit einer Kopfbewegung ein einzutreten. Die Frau schlüpfte an den Männern vorbei, um die Siedler von dem unerwarteten Besuch zu unterrichten und sie zu bitten, doch keine Furcht zu zeigen.

Johannes führte den Gast in den festlich geschmückten Wohnraum und stellte ihn der kleinen Gemeinde vor, so gut er konnte. Der Indianer begutachtete die staunenden Fremden und vollführte noch einmal seinen Gruß mit der weit ausholenden Armbewegung. Die Pilger, die sich zunächst hinter den Tischen zusammengedrängt hatten, folgten der Aufforderung ihres alten Pfarrers und nahmen wieder Platz.

Johannes führte den Gast zum Ehrenplatz an der Tafel. Die Kinder näherten sich zaghaft, um den herrlichen Federschmuck aus der Nähe zu bestaunen und scheu zu betasten. Das schien das Eis zu brechen. Der Indianer begann nun eine lange Rede und begleitete sie mit ausladender Gestik. Die Weißen, obwohl sie kein Wort verstanden, lauschten andächtig den fremden Lauten.

Als er schließlich schwieg, stimmte der alte Pfarrer ein Weihnachtslied an und die Gemeinde fiel freudig ein. Die dunklen Augen des Gastes bewegten sich von einem zum anderen. Als er sah, wie auch die Kleinen mit gefalteten Händen sangen, so laut sie konnten, lief ein belustigtes Zucken über sein undurchdringliches Gesicht.

Als sie einige Weihnachtslieder gesungen hatten und sich ein andächtiges Schweigen ausbreitete, holte der älteste Junge die schwere, vom Salzwasser gefleckte Bibel und legte sie vor dem Geistlichen auf den Tisch.

Ehe der Pfarrer anfangen konnte zu lesen, machte der Fremde ein Zeichen mit beiden Händen, erhob sich, ging zur Tür und verschwand im Dunkel der Nacht. Die Pilger blickten sich verblüfft an. Was hatte das zu bedeuten? Bevor sie lange darüber nachdenken konnten, was der Indianer wohl beabsichtigte, kehrte er mit einem umfangreichen Bündel in den Händen zurück. Er legte es auf den weihnachtlich geschmückten Tisch und zog unter den neugierigen Blicken der Pilger die Zipfel der bunt gewebten Decke auseinander. Mais, ein Tongefäß mit Honig und mehrere zusammengebundene Schneehühner kamen vor den Augen der erfreuten Siedler zum Vorschein.

Die Kinder brachen zuerst den Bann. Sie kamen herbeigelaufen und scharten sich um den Honigtopf. Begehrlich streckten sie die Hände danach aus und einer wagte es sogar, den Finger tief in den Topf hineinzutauchen. Seine Mutter zog ihn erschrocken vom Tisch und klopfte ihm auf die Finger. Der Indianer, anscheinend belustigt über die Art der Strafe, lehnte sich zurück und lachte mit weit offenem Mund.

Die Gastgeber, die seine Heiterkeit zwar nicht ganz verstanden, mussten dennoch einer nach dem anderen in seine Fröhlichkeit einstimmen. Sie erhoben sich und versuchten, so gut sie es vermochten, dem Mann für die unverhofften Gaben zu danken. Die dunklen, wachen Augen nahmen jede freudige Geste wahr und schienen sie zu verstehen. Zufrieden verzog sich sein herber Mund.

Endlich gebot der Prediger seiner Gemeinde Ruhe. Die Männer, Frauen und Kinder sollten sich setzen und noch ein Lied singen. Das taten sie mit frohem Herzen. Darauf schlug er die schwere Bibel auf und las langsam und feierlich die allen bekannten Verse von der Geburt des Heilands vor. Alle Köpfe senkten sich, als er ein abschließendes Gebet sprach.

Interessiert verfolgte der Indianer die ganze Zeremonie und versuchte, seine Hände ebenso zu verflechten, wie er es bei den Pilgern sah. Danach aber erhob er sich zu seiner vollen, beeindruckenden Größe, kreuzte grüßend die Hände über der Brust und neigte den Kopf so tief, dass ihm die Federn über das Gesicht fielen. Die Kinder klatschten vor Entzücken in die Hände. Johannes, der sich ebenfalls erhoben hatte, verneigte sich dankend und geleitete den Gast hinaus.

Dieser erste Ureinwohner, der den Kontakt mit den Fremden aufgenommen hatte, war für die Siedler das größte Weihnachtsgeschenk. Er wurde ihnen ein Freund, auch wenn er einen anderen Gott verehrte. Nach diesem denkwürdigen Christfest besuchte er die Gemeinde immer wieder und war ein gern gesehener Gast. Er zeigte den Männern gute Plätze zum Jagen und brachte den Frauen bei, welche Blattgewächse, Beeren und Wurzeln sich schmackhaft zubereiten ließen.

Die Begegnung mit diesem Einwohner des fremden Landes gerade zum Christfest wurde für die Siedler ein deutlicher Hinweis darauf, dass Gott auch hier bei ihnen sei. Noch Generationen später erzählten die Alten den Jungen mit leuchtenden Augen die Geschichte von der ersten Weihnacht in der neuen Heimat.

Die Stickerin und der Dieb

Im 17. Jahrhundert erstreckte sich nicht weit von Paris ein großes Wald- und Moorgebiet. In den ausgedehnten Mooren und Wäldern hatte ein Mann ein halbes Jahrhundert zuvor eine kleine, von Bäumen umstandene Lichtung entdeckt und für sich genutzt. Er fällte die angrenzenden Bäume und baute sich ein bescheidenes Blockhaus. Später entstanden noch Schuppen und Ställe. Der Mann hatte guten Grund, sich in der Einsamkeit vor den Dragonern des Königs zu verbergen. Als verfolgter Hugenotte war er mit seiner Familie aus dem Languedoc geflohen. Das Edikt von Nantes aus dem Jahre 1598 sicherte ihm und seinen Nachkommen, die am protestantischen Glauben festhielten, zwar Toleranz zu, aber trotzdem waren die Gläubigen immer wieder willkürlicher Verfolgung ausgesetzt.

Die Söhne des Mannes vergrößerten das Anwesen, erwarben Ackerland und entwässerten den Rand des Großmoors, um Weidefläche zu gewinnen. Aber eines Tages starb die Familie und nur ein junges Mädchen blieb zurück: Jeanette.

Jeanette verstand sich nicht auf die bäuerliche Arbeit. Schon ihre Mutter war zart gewesen und hatte wenig Geschick für die Arbeit in Haus und

Hof gezeigt. Stattdessen hatte sie die Gabe besessen, die schönsten Roben der damaligen Mode zu nähen und zu besticken, und dieses Talent hatte sie an Jeanette vererbt.

Eines Tages war Jeanette in Paris gewesen, um einen Auftrag der Mutter auszuführen, und hatte davon die Pest mit zurückgebracht. Wie durch ein Wunder erkrankte sie selbst nicht, aber die Eltern und die jüngeren Geschwister fielen der tödlichen Krankheit zum Opfer, sodass Jeanette allein zurückblieb. Nachdem sie den letzten Bruder begraben hatte, überlegte Jeanette, ob sie in die Stadt ziehen sollte. Sie hatte allen Lebensmut verloren. Aber in der damaligen Zeit war das Leben in Paris für ein alleinstehendes Mädchen weit gefährlicher als die Einsamkeit auf dem Land. Zögernd begann Jeanette, sich ihrer Arbeit wieder zuzuwenden.

Von Zeit zu Zeit schirrte sie ihren Esel Jacques vor einen kleinen Karren, um die fertiggestellte Ware in die Stadt zu bringen. Es war eine beschwerliche Reise. Sie kannte die festen Pfade durch das Moor, aber wenn es geregnet oder geschneit hatte, war es trotzdem nicht immer leicht, den richtigen Weg zu finden.

Kurz vor dem Weihnachtsfest hatte sie wieder eine wichtige Bestellung abzuliefern. Angestrengt achtete sie auf die Wegzeichen und gelangte schließlich wohlbehalten in die Stadt. Sie war erschöpft und müde.

Doch auf dem holprigen Steinpflaster zerbrach ein Rad an Jeanettes altem Wagen. Hilflos stand sie da. Kutschen rasselten an ihr vorbei, Reiter wichen ihr aus und eine wachsende Schar Neugieriger beobachtete mitleidlos ihr Missgeschick. Einige Gassenbuben lachten Jeanette aus. Eilige Fußgänger schoben sie aus dem Weg. Was sollte sie nur tun?

Die kostbaren Kleidungsstücke, die sie in Tücher gewickelt hatte, drohten seitlich vom Wagen zu rutschen. Der Esel müsste abgeschirrt und das unbrauchbare Gefährt zur Seite geschoben werden. Entschlossen griff Jeanette nach der Deichsel und balancierte den Wagen auf drei Rädern an die Seite. Der Esel trottete mit hängenden Ohren hinterher. Jeanette fühlte sich verloren. Was sollte aus dem Wagen werden? Wie könnte sie die schweren Packen mit der Ware zu den Käufern bringen? Entsetzt merkte sie, dass eine Schar zerlumpter Gestalten ihr langsam immer näher kam.

Schon griff der erste der Strolche, der eine schreckliche Geschwulst am Hals hatte, mit gierigen Händen nach dem obersten Packen. Verzweifelt klammerte sich Jeanette daran fest. Sollte all ihre mühevolle Arbeit den Bettlern und Dieben in die Hände fallen? Im Stillen betete sie verzweifelt um Hilfe. Ihre Kunden warteten auf die neuen Gewänder für die zahlreichen Winterbälle bei Hofe. Es wäre eine Katastrophe, ihre Arbeit von Monaten zu verlieren!

Unter den heruntergekommenen Gestalten, die Jeanette bedrängten, befand sich ein Mann, der früher Bauer gewesen war, bis man ihn aufgrund seines hugenottischen Glaubens aus der Heimat vertrieben hatte. Sein Name war Etienne. Er war nach Paris gegangen, um dort Arbeit zu suchen. Doch im Lauf der Zeit war er zum Dieb geworden und hatte sich den anderen Männern in der Gosse angeschlossen, unter denen kleine Taschendiebe ebenso zu finden waren wie skrupellose Mörder.

Etienne sah, wie seine Kameraden Jeanette bedrängten, und Mitleid erfasste ihn. Er überlegte nicht lang, sondern entschloss sich, der jungen Frau beizustehen. Er war kräftig und hatte keine Mühe, zwei, drei Burschen des Raubgesindels zu überwinden. Die anderen Männer flohen, als sie sahen, dass Jeanette nicht länger ohne Hilfe war. Etienne lud Jeanettes kostbare Ware auf den Rücken des Esels und begleitete sie auf dem Weg zu ihren Auftraggebern. Anschließend begleitete er sie ganz selbstverständlich noch weiter, kehrte Paris den Rücken und kam mit Jeanette zu ihrem versteckten Gehöft auf dem Land.

Jeanette, die bis dahin froh über die unerwartete Unterstützung gewesen war, machte sich plötzlich Vorwürfe, ihren Unterschlupf auf diese Weise einem Fremden offenbart zu haben. Um zu verhindern, dass er anderen davon erzählte, musste sie ihn notgedrungen einladen zu bleiben, zumindest für einige Zeit.

Ihre Angst vor Etienne war unbegründet. Er war von Jeanette und ihrem Glaubensmut beeindruckt und besann sich selbst wieder auf den Glauben, in dem er erzogen worden war. Mit Freuden kümmerte er sich um Haus und Hof. Er war froh, das unehrliche Leben in Paris hinter sich gelassen zu haben und wieder als Bauer arbeiten zu können. Er besorgte Jeanette einen neuen Eselskarren und sie arbeitete fleißig und verdiente das Geld, das sie zum Leben brauchten. So lebten sie zwei Jahre zusammen in der Abgeschiedenheit. Doch obwohl Jeanette Etiennes Hilfe schätzte und froh über seine Anwesenheit war, konnte sie sich nicht überwinden, ihn zu heiraten, als er ihr eines Tages einen Antrag machte.

Etienne, der eine tiefe Sehnsucht in sich trug, wieder sesshaft zu werden und ein festes Zuhause zu besitzen, fühlte sich nicht länger am richtigen Ort und kehrte nach einer Unternehmung nicht mehr auf den Hof zurück.

Jeanette glaubte zuerst, er sei auf der Jagd. Aber als er verschwunden blieb, lief sie am Rand des Großmoors entlang und suchte die schwarzen Todeslöcher im Morast auf, die sie kannte. Mit einem Holzprügel stieß sie tief in die unergründlichen Pfuhle hinein, um zu spüren, ob Etienne irgendwo dort unten liege. Aber sie spürte keinen Widerstand. Er war nicht im Moor versunken. Er hatte sie einfach verlassen.

Jeanette war bestürzt. Sie spürte, dass sie selbst die Schuld an seinem Verschwinden trug, und machte sich Vorwürfe. Sie hatte Angst, er könnte zu seinen alten Freunden in der Stadt zurückgekehrt sein, und zog heimlich Erkundigungen ein, als sie wieder dort war. Aber sie erfuhr nichts. Und er kam nicht zurück. Sie vermisste ihn jeden Tag mehr.

Jeanette wartete. Der Herbst fegte mit seinen ersten Stürmen über das flache Moor. Die Laubbäume des Waldes verloren ihre Blätter. Schließlich wurden die Wege unbegehbar und heftige Schneestürme setzten ein. Jeanette saß in ihrem festen Holzhaus. Sie stickte die kostbarsten Blumen und Ranken auf Seide und Samt und stickte all ihre endlich entdeckte Liebe mit hinein. Und sie wartete.

Sie wartete Tag für Tag. Mit ihren Gedanken war sie bei dem Mann, den sie nicht verstanden hatte, den sie aber trotzdem nicht aufgeben konnte.

Die Tage wurden kurz und Weihnachten rückte näher. Wie gern hätte Jeanette das Fest gemeinsam mit Etienne gefeiert. Sie hätten Weihnachtspsalmen gesungen, die Hirschtalglichter angezündet und frisches Tannengrün in Tonkrügen in der Stube verteilt. Ja, so würden sie feiern, wenn er wieder käme. Jeanette wartete.

Sie war sich auf wunderbare Weise so sicher, dass

er kommen würde, dass sie nicht allzusehr erschrak, als es am Heiligen Abend dumpf an die Tür
pochte. Sie hatte es gewusst. Es musste wahr sein.
Und es war so! Elend, durchnässt und frierend
stand Etienne vor der Tür und wagte sich nicht
über die Schwelle. Aber ganz selbstverständlich
und taumelnd vor Glück zog Jeanette ihn hinein in
Wärme und Licht – und endlich in ihre Arme.

Die kleine Schar

Wie ausgestorben lagen Wald und Hügel unter dem schweren grau-düsteren Winterhimmel. Nur ein kleiner Trupp Menschen war unterwegs, vier dunkle Punkte in der weißen Schneewüste. Es waren fünf Kinder, die sich da mühsam vorankämpften: Johanna, mit ihren 14 Jahren die Älteste, trug den kleinen Bruder Micha, der noch kein Jahr alt war, in einem Wolltuch auf dem Rücken. Ihr folgte der elfjährige Martin, der schon ein treuer Helfer seiner Schwester war, dann kamen die siebenjährige Gertrude und der zarte kleine Johann Heinrich, der Janni genannt wurde. Mit seinen vier Jahre hatte er es am schwersten, mit seinen Geschwistern Schritt zu halten, aber Martin führte den kleinen Bruder fest an der Hand und wies ihn an, in seine Fußstapfen zu treten.

Der Vater dieser Kinderschar war evangelischer Pfarrer gewesen und hatte in den Nöten des Dreißigjährigen Krieges alles getan, was er konnte, um seine Gemeinde zu stützen, Menschen zu trösten und ihnen zu helfen. Seine Frau hatte ihm dabei treu zur Seite gestanden. Aber dann hatten die Schweden die Stadt erobert und die Soldaten hatten kein Erbarmen mit dem Pfarrer und seiner Frau gehabt.

Zwei Jahrzehnte dauerte der Krieg nun schon. Einmal waren es die Kaiserlichen, ein andermal die Protestanten oder die Schweden, die plündernd und mordend durchs Land zogen und das hilflose Volk in Angst und Schrecken versetzten.

Noch während der Belagerung der Stadt durch die Schweden hatte der Pfarrer dafür gesorgt, dass seine Kinder auf verborgenen Wegen aus der Stadt fliehen konnten. Der Küster hatte die kleine Schar ein Stück Wegs geführt, bis sichergestellt war, dass sie den Feinden nicht mehr in die Hände fallen konnten. Man hatte ihnen beschrieben, wohin sie sich wenden sollten. Es gab noch einen Bruder der Mutter in einem ruhigeren Teil des Landes. Auch er war Pfarrer; er stand einer dörflichen Gemeinde vor. Nun sollten die Kinder das Dorf im Westerwald finden und sich zu den Verwandten flüchten.

Inzwischen führte ihr Weg sie durch einen verwilderten, finsteren Wald. Wenn sie keine Menschen trafen, die ihnen die Richtung weisen konnten, sollten sie sich notfalls am Morgenstern orientieren und am Wind. Aber das waren unzuverlässige Zeichen. Schon seit Stunden hatten sie niemanden mehr zu Gesicht bekommen. Und in diesen Winterzeiten ließen sich die Sterne kaum blicken. Dafür blies der Wind aus allen Richtungen. Die schweren schwarzen Wolken entluden sich in dichtem Schneetreiben. Den Kindern blieb nichts anderes übrig, als sich unter den breiten

Ästen einer Tanne eng zusammenzukauern, um sich vor dem Schneesturm zu schützen.

Johanna faltete verzagt die Hände und stieß Martin mit dem Ellenbogen an, ebenfalls zu beten. Sie hatte Micha auf den Schoß genommen und schlang beide Arme um den frierenden Kleinen. Sie hielt ihn fest an sich gedrückt. Alle Geschwister rückten ganz dicht zusammen, um sich gegenseitig zu wärmen. Micha jammerte vor Hunger und Kälte. Johanna wiegte ihn leise in den Armen, blies ihren warmen Atem in sein blasses frostkaltes Gesicht und summte ein Schlaflied, das die Mutter ihnen immer vorgesungen hatte. Nun wollten sie alle um Hilfe bitten. Sie wussten, dass diese Hilfe nur vom Heiland kommen könnte, der heute geboren war. Auch Gertrude faltete die Hände. »Liebes Christkind, bitte hilf uns. Wir wissen nicht mehr weiter. Ich glaube, wir haben ganz und gar den Weg verloren. Schick uns einen guten Menschen, der uns helfen kann!«

»Das kann doch das Christkind nicht. Dazu ist es noch zu klein«, wandte Martin der Schwester gegenüber ein.

Das wollte diese nicht gelten lassen. »Aber jetzt irgendwann ist Weihnachten und der große Engel hat den Hirten gesagt: ›Fürchtet euch nicht. Euch ist heute der Heiland geboren!‹ Und der kann doch alles. Und er ist auch groß geworden«, setzte sie zaghaft hinzu.

Es war wie ein Wunder, dass der Schnee nur rings um die Tanne fiel und sie auf den trockenen Nadeln geschützt sitzen konnten. Aber die Einsamkeit bedrückte die Kinder immer mehr, sie fühlten sich alle hoffnungslos und verzweifelt. Johanna wusste, welche Aufgabe ihr die Eltern übertragen hatten. Sie hatte die Verantwortung für die Geschwister. Sie sollte die Kleineren beschützen und ihnen Mut machen. Mit klarer Stimme begann sie leise zu singen: »Vom Himmel hoch, da komm ich her ...« Sofort fiel Gertrude mit ein. Sogar Janni mit seiner dünnen Stimme sang tapfer mit.

Und dieses Singen, so leise es auch war und wie sehr es auch vom dichten Schneefall verschluckt wurde, fand doch seinen Weg zu einem Menschen. Die Kinder wussten nicht, dass sie in der Nähe eines Wildhüterhauses saßen.

Das Haus lag ganz einsam auf einer winzigen Lichtung. Darum hatten die wilden Landsknechtshorden es bisher nicht entdeckt. Eben war die Frau des Wildhüters vor das Haus getreten, um zu sehen, ob es noch immer schneite. Da hörte sie das leise Singen aus den Tannen. Hatte sie sich verhört? Sie hob die Hand hinters Ohr und horchte. Nein, da war es wieder. Eilig kämpfte sie sich durch den tiefen Schnee zu ihrem Mann in den Stall. »Hartmut, komm schnell! Da sind Menschen, verirrte Menschen. Wie es sich anhört, sogar Kinder. Wir müssen sie suchen, ehe sie erfrieren!«

Der Mann blickte auf, zog sich den dicken Fellmantel an und nahm die Stalllaterne mit. Auch er vernahm nun die leisen Stimmen. Er blieb einen Augenblick stehen und lauschte. Woher kam das Lied? »Frau, geh ins Haus, mach den Herd an und koche heiße Milch. So kannst du besser helfen, als wenn du mit mir gehst.« Mit einer Schürze voll Holz verschwand die Frau wieder im Haus. Sollte es sich tatsächlich um verirrte Kinder handeln, wollte sie alles tun, was sie könnte, um zu helfen.

Inzwischen ging der Wildhüter dem Klang der Kinderstimmen nach und fand unter der großen Tanne das Nest mit den Geschwistern. Den kleinen Janni nahm er auf den Arm und Gertrude an die Hand. Johanna hielt Micha fest an sich gedrückt. Martin legte den Arm um sie, um sie zu stützen. Voll Dankbarkeit und Zutrauen folgten die Geschwister dem Wildhüter. Gott hatte sie nicht vergessen. Johanna hatte begonnen zu singen, als die Geschwister verzagen wollten. Und Gertrude hatte laut gebetet. Das hatte Gott gehört, so wie es der Pfarrer seiner Gemeinde und vor allem seinen Kindern immer wieder versichert hatte: »Wenn wir wirklich fest glauben, verlässt uns der Vater im Himmel nicht!«

So marschierte die kleine Schar, geführt von dem bärtigen Mann im zotteligen Fellmantel, vor dem sie sich unter anderen Umständen bestimmt gefürchtet hätten, zu seinem warmen Holzhaus, dessen Schornstein verheißungsvoll rauchte. Sie waren geborgen! Die Frau wusste kaum, was sie den durchgefrorenen und schneenassen Kindern zuerst Gutes tun sollte. Die Umhänge und Mäntel wurden ausgezogen und an den Ofen gehängt. Auf dem Herd stand der irdene Topf mit der heißen Milch, in die die fürsorgliche Frau einen guten Löffel Honig gegeben hatte. Frisch gebackenes Brot lag auf dem Tisch neben einer Schüssel mit Wildschweinfleisch und einem angeschnittenen runden Käse. Die halb verhungerten Kinder machten große Augen. Nach dem Essen durften sie sich alle miteinander in das breite Bett der beiden Alten legen.

Der Wildhüter und seine Frau saßen in dieser Heiligen Nacht noch lange beim Schein einer Kerze zusammen und konnten sich nicht beruhigen, dass Gott so wunderbar geholfen und sie die Stimmen der Kinder hatte hören lassen.

Ihre eigenen Söhne waren im Krieg geblieben. Nun war dem Wildhüterpaar ein ganzes Häufchen neuer Kinder ans Herz gelegt worden. Es war das größte Weihnachtsgeschenk. Vielleicht könnten sie ihnen später helfen, das Dorf mit dem Onkel ausfindig zu machen?

Auch die beiden ältesten Geschwister konnten lange nicht einschlafen. Als sie die friedlichen Atemzüge der Kleinen hörten, sprachen Johanna und Martin flüsternd miteinander. Beide waren von ganzem Herzen dankbar für die wunderbare Hilfe. »Und ich war schon so verzagt!«, sagte Johanna. »Mir hatten die Eltern euch ans Herz gelegt. Aber ich habe euch nicht richtig geführt.«

Das wollte Martin nicht gelten lassen. »Hast du nicht die ganze Zeit den kleinen Micha getragen und für ihn gesorgt, so gut es ging? Es war doch kein Wunder, dass du eine Weile verzagt warst, als wir glaubten, den richtigen Weg verloren zu haben. Und du hast mit uns gesungen und gebetet. So haben uns die lieben Leute finden können. Nein, du hast getan, was nötig war. Lass uns noch einmal danken.«

Und das taten die beiden Kinder aus übervollem Herzen.

Der verlorene Schlüssel

In diesem Jahr war es erstaunlich früh kalt geworden. Die Kinder wünschten sich sehnlichst, dass die großen Schlittschuhteiche endlich zufrieren und zum Schlittschuhlaufen freigegeben würden. Und eines Tages sprach es sich herum: Der Schlossteich war zu! Die Eintrittsbude stand schon auf dem Eis, ebenso die Bänke, wo man sich die Schlittschuhe mit dem Schlüssel an die Stiefel schrauben konnte.

Die vier Geschwister Hannes, Frieder, Irmtrud und Annmarie freuten sich, jedes auf seine Weise. Die beiden älteren Jungen hüpften natürlich nicht so vor Begeisterung wie die Mädchen, und sie hatten auch nicht die Absicht, mit den Schwestern zusammen aufs Eis zu gehen. Was hätten sonst die Kameraden gesagt!

Bis Weihnachten war es noch lang und die Wochen bis zum Heiligen Abend kamen Annmarie wie eine Ewigkeit vor. Aber nun, wo man Eis laufen könnte, würde die Zeit viel schneller vergehen. Der Vater schenkte jedem Kind eine Zehnerkarte und das hieß, dass man volle zehn Tage, natürlich erst nach den Schularbeiten, zum Schlossteich wandern und Schlittschuh laufen könnte.

Zum ersten Mal besaß Annmarie eigene, ganz

neue, silbrig blanke Schlittschuhe, während sie sonst immer nur die alten von den Geschwistern geerbt hatte. Dazu hatte ihr der Vater den so wichtigen Schlüssel überreicht, mit dem die Schlittschuhe an die Stiefel geschraubt wurden. Er hatte sie ernst ermahnt, gut auf das Teil aufzupassen und es nicht zu verlieren. Annmarie knüpfte den Schlüssel an ein rotes Band und hängte ihn sich um den Hals.

Mit Schularbeiten, Weihnachtsbasteleien und vor allem dem herrlichen Schlittschuhlaufen flogen die Tage bis zum ersehnten Weihnachtsfest erstaunlich schnell dahin. Schon waren der erste und der zweite Advent vorbei.

Eines Tages passierte es: Ohne dass Annmarie es merkte, riss das Band mit dem kostbaren Schlüssel, rutschte von ihrem Hals und der Schlüssel war verschwunden. Erst zu Hause entdeckte sie den Verlust mit heißem Schrecken. Verzweifelt suchte sie an allen möglichen und unmöglichen Orten. Vielleicht wäre so ein Schlüssel leicht zu ersetzen gewesen, wenn sie nur den Mut gehabt hätte, dem Vater das Missgeschick zu beichten. Aber das war für Annmarie völlig ausgeschlossen. Irmtrud, die solche Dinge immer sofort bemerkte, fragte irgendwann nebenbei, ob Annmarie denn plötzlich keine Lust mehr habe, aufs Eis zu gehen. Sie ahnte, was passiert war, aber sie wollte, dass die kleine Schwester es ihr selbst sagte. Doch Annmarie mochte niemandem davon erzählen.

Es war eine schlimme Zeit. Jeden Tag musste Annmarie sich etwas Neues ausdenken, um der Familie zu erklären, warum ihr so plötzlich die Freude am geliebten Schlittschuhlaufen vergangen war. Schließlich, als auch die Eltern aufmerksam zu werden begannen, nahm sie zwar die Schlittschuhe und begleitete die Schwester zum Teich, aber ohne den Schlüssel konnte sie die Schuhe nicht an die festen Winterstiefel anschrauben.

Wenn Annmarie nur den Mut gehabt hätte, zu bekennen, dass sie die Mahnung des Vaters, gut aufzupassen, nicht befolgt habe! Der Verlust und das schlechte Gewissen, weil sie die Sache verschwieg, waren eine furchtbare Last. Dabei hatte sie doch aufgepasst! Wie hätte sie wissen können, dass so ein Seidenband im Lauf der Zeit aufscheuerte und riss! Sie wusste nicht mehr aus noch ein.

So kam der 23. Dezember. Sonst hatte Annmarie immer gejubelt, wenn sie endlich die vorletzte Tür im Kalender öffnen konnte. Aber heute überließ sie alles der großen Schwester. Die Freude war ihr gründlich vergangen. Das ewige Versteckspiel, schließlich die kleinen Schwindeleien und zum Schluss gar die Lügen den Eltern gegenüber nahmen der festlichen Zeit den kostbaren Glanz. Annmarie hatte keinen Appetit und auch keine Lust zu ihren kleinen Weihnachtsarbeiten. Die Nähtischdecke für die Mutter hätte eigentlich noch fertig werden müssen. Stattdessen blieb sie auf Annmaries Schoß liegen und wurde nass von Tränen.

Inzwischen wusste die ganze Familie Bescheid. Die Geschwister hätten der kleinen Schwester gern geholfen, aber die Eltern verboten es ihnen.

Der Tag verging und der Heilige Abend rückte unaufhaltsam näher. Der Vater und die Brüder trugen den großen Tannenbaum bei verschlossenen Zimmertüren durch den Flur und stellten ihn im Wohnzimmer auf. Auf den Betten der Mädchen lagen die Weihnachtskleider. Die Mutter kam rasch herein, die Mädchen zogen sich an und die Zöpfe wurden neu geflochten. All das gehörte zur großen Vorfreude auf das Fest.

Und da ertönte die Silberglocke! Mit zitternden Knien nahm Annmarie ihr kleines Tablett mit den bescheidenen Weihnachtsarbeiten in die Hände und schlich hinter den Geschwistern her. Als Letzte betrat sie die Weihnachtsstube. Aber die Weihnachtsgeschichte, die der Vater vorlas, die altbekannten Lieder, die Verse, die aufgesagt wurden, all das nahm Annmarie vor Kummer kaum wahr.

Doch plötzlich stockte ihr der Atem. Was hing dort ganz vorn an einem Tannenzweig? War es wirklich das rote Band mit dem verlorenen Schlüssel, neu zusammengeknotet? Wer mochte es gefunden haben? Ihr Bruder Frieder war es gewesen, er hatte den Schlüssel auf dem Eis entdeckt und zu

Hause hatte der Vater ihn gleich in seinen Schrank eingeschlossen.

Nun nahm der Vater mit ernstem Gesicht das Band mit dem Schlüssel vom Zweig und hielt es hoch. Annmarie wurde erst tiefrot und dann senkte sie den Kopf ganz tief, als wollte sie unter den Teppich versinken.

Nie wieder würde sie den Eltern etwas verschweigen! Die letzten Wochen und Tage waren unerträglich gewesen. Aber nun war endlich alles gut. Sie sah nicht, wie es um die Mundwinkel des Vaters zuckte. Die Eltern hatten ihr freundlich verziehen. Jetzt konnten Freude und Dankbarkeit in Annmaries Herz einziehen. Es war wirklich Weihnachten geworden!

Spuren im Schnee

Zwei dunkle Gestalten kämpften sich durch die weiße Bergeinsamkeit. Sie kamen nur mühevoll und langsam vorwärts. Obwohl der Weg gefährlich war, stiegen sie immer höher hinauf. Der jüngere der beiden Männer musste immer wieder den älteren stützen und ihm aufhelfen, wenn er ausglitt.

Die zwei Männer waren Missionare der Waldenser, die schon seit dem 12. Jahrhundert in Norditalien ihrem Glauben folgten. Sie hatten den Auftrag, das unverfälschte Wort Gottes in die Welt zu tragen. Der junge Mann sollte dem alten Missionar zur Seite stehen, ihn unterstützen und von ihm lernen. Die beiden waren unterwegs von einem gewaltigen Schneesturm überrascht worden und hatten unter einem überhängenden Felsen notdürftig Schutz gefunden. Nun hatte der Schneefall aufgehört und sie setzten ihren Weg nach oben fort. Durch den vielen Schnee war die Landschaft jedoch wie verwandelt und ihr Pfad war kaum mehr auszumachen.

Immer wieder musste der alte Mann stehen bleiben. Geduldig wartete dann der junge Gefährte. Schließlich erreichten sie eine hoch gelegene Plattform und blickten sich um. Seufzend musste der Ältere zugeben, dass sie sich verirrt hatten. Das nächste Bergdorf hätte links von ihnen zu sehen sein müssen. Aber wohin sie auch schauten – nichts als verschneite Einsamkeit war zu entdecken.

Sie schüttelten den Schnee von ihren weiten Pelzumhängen und legten ihre Hände in den dicken Fellhandschuhen zusammen. In ihrer Not baten sie voller Glauben und Zuversicht um Gottes Führung. Wohin sollten sie sich wenden? In welcher Richtung mochte das Dorf liegen?

Die felsige Plattform, auf der sie sich befanden, war an zwei Seiten von steilen Wänden begrenzt. Es blieb ihnen nur die Möglichkeit, auf der rechten Seite ins Ungewisse abzusteigen. Sie fassten Mut und wagten sich Schritt für Schritt den Hang hinab. Plötzlich gab die Schneedecke unter dem Jungen nach und mit jähem Schreck rutschte er in die Tiefe. Als er wieder Boden unter den Füßen spürte, war es um ihn herum finster. Wenn er sich reckte, konnte er über sich ein Felsendach ertasten. Er war in einer der vielen Berghöhlen gelandet.

Als der alte Mann seinen Gefährten so plötzlich hatte verschwinden sehen, wagte er sich keinen Schritt weiter. Es hatte angefangen zu dämmern und er fühlte sich unsicher ohne den jungen Kameraden. Da hörte er dessen Stimme rufen, sie klang hohl und fern: »Barba« – in der Sprache der Waldenser bedeutete das »Lehrer« – »geh nicht weiter, sondern bleib stehen, bis ich dich hole!« Der Alte rief zurück, dass er ihn gehört habe, aber seine Stimme war alt und schwach und wurde fast vollständig vom Schnee verschluckt. So lehnte er sich an einen Felsen und wartete.

Sein junger Begleiter kletterte derweil in der Höhle nach oben und tauchte plötzlich wieder neben ihm auf. »Ich habe eine Höhle gefunden«, erklärte er. »Wenn du dich an dieser Stelle vorsichtig hinsetzt, kann ich dir helfen, den schrägen Eingang nach unten zu rutschen. Es ist nicht sehr tief. Dort in der Höhle können wir trocken und geschützt die Nacht verbringen.

Behutsam half der Junge dem Alten herab in den unverhofften Bergungsort. Anschließend tastete er sich mit ausgestreckten Armen in der Finsternis entlang, bis er im hintersten Winkel eine Art Felsenband erfühlte, auf dem sich Sand, Moos und trockene Blätter angehäuft hatten, die vom Wind hereingeweht worden waren. Er scharrte Blätter und Moos ein wenig zusammen, um seinem erschöpften Lehrer eine angenehme Unterlage zum Schlafen zu bereiten. Dann führte er den Barba vorsichtig dorthin, wo dieser sich ausstrecken konnte. Er selbst setzte sich dicht vor ihn, um ihm von seiner Körperwärme abzugeben. Der alte Missionar hatte sich kaum hingelegt, als er auch schon in einen tiefen Schlaf fiel und leise röchelte. Sein Schüler hatte sich vorgenommen, wach zu bleiben, aber die Strapazen des Tages forderten ihren Tribut und bald schlief auch er tief und fest.

Am Morgen war die Helligkeit des Tages als kleiner Lichtfleck am Eingangsloch der Höhle zu erkennen. Der alte Mann erwachte und fühlte sich gut ausgeruht. Er setzte sich auf und blickte sich in der dämmrigen Höhle um. Plötzlich wurde ihm mit Schrecken bewusst, dass heute das Fest der Geburt des Heiligen Christ war. In dem Bergdorf, das sie nicht gefunden hatten, hatten sie das Fest feiern wollen. Nun war ihnen von Gott in ihrer großen Not diese Höhle beschert worden, damit sie in Frieden schlafen und ihre Kräfte wieder sammeln könnten. Bei Gott war kein Ding unmöglich. Man musste nur fest auf seine Hilfe vertrauen.

Er senkte den Kopf und faltete die Hände zum Gebet, als sich auf einmal vom Eingang der Höhle her eine laute Stimme hören ließ. Aus der kleinen Dorfgemeinde, in der die beiden Missionare schon am Vortag erwartet worden waren, hatten einige Männer die ganze Nacht über gewacht, um einen möglichen Hilferuf auf keinen Fall zu überhören. Im Morgengrauen hatten sich drei Suchtrupps aufgemacht und in alle Richtungen verteilt, um die Verschollenen aufzuspüren. Zwei Männer entdeckten die Spuren im Schnee und den Eingang zur Höhle und standen nun rufend davor.

Freude und Dankbarkeit herrschten auf beiden Seiten, als die Verirrten ins Dorf geführt wurden. Es war nicht weit entfernt, aber die Missionare hatten es nicht entdeckt, weil die niedrigen Hütten ganz eingeschneit und von Weitem nicht zu erkennen waren.

Mit heißem Kräutertee und Maronibrei konnten die beiden Männer ihren ersten Hunger stillen. Später erschienen die Nachbarn, um die Christgeburt mit Dankgebeten und Psalmen zu feiern, wie es im Kreis der Waldenser üblich war. Öllampen wurden entzündet und eine Frau brachte sogar eine Bienenwachskerze mit ihrem feinen Duft. Die Menschen in der Gegend waren bitter arm, aber alle trugen etwas zum gemeinsamen Fest bei. Die jungen Männer hatten ein paar Gemsen erjagt und so gab es leckeren Braten für alle.

Wichtiger als das Essen aber waren Lob und Dank für das Kommen des Gottessohnes. Auch die glückliche Rettung der beiden Missionare war für die gläubige Gemeinde ein Grund, Gott zu preisen. Trotz Schnee und Gefahr hatte Gott sie an ihr Ziel gebracht.

Die Zuflucht

Seit zwei Tagen war ich auf Burg Neudeck bei einer Bibelfreizeit und nun stand ich in der obersten Turmstube, einem engen, runden Gemach, zu dem mich eine gefährlich ausgetretene Wendeltreppe gelockt hatte. Dort genoss ich die Aussicht auf die bewaldeten Hügelketten. Da öffnete sich quietschend die Tür zu dem Zimmer und ich hörte Schritte hinter mir. Als ich mich umdrehte, stand dort eine ungewöhnlich kleine Frau, die mir bisher in unserer Gruppe nicht aufgefallen war. Sie war ein zartes, altersloses Wesen, ihr blassblondes Haar war in der Mitte gescheitelt und kunstlos im Nacken geknotet. Aus Vergissmeinnicht-blauen Augen blickte sie mich an und fragte: »Störe ich?« Die brüchige Stimme passte nicht so recht zu der zerbrechlichen Gestalt. Als ich sekundenlang mit der Antwort zögerte, weil ich in der Tat gern allein geblieben wäre, senkte sie den Kopf und machte Anstalten, sich zurückzuziehen. Sofort war ich bei ihr und hielt sie am Arm zurück. Ich spürte, dass es kein Zufall war, der uns beide hier oben zusammengeführt hatte. »Bitte entschuldigen Sie, dass ich nicht gleich geantwortet habe. Ich war ganz in Gedanken versunken, aber Sie stören mich nicht. Kommen Sie. Sehr einladend ist diese Turmstube zwar nicht, aber für ein Gespräch vielleicht ganz geeignet. Es gibt eben nur diese steinernen Bänke in den Fensternischen, die dazu noch total verstaubt sind.«

Mit meinem Taschentuch fegte ich sie sauber, so gut es ging, und bat die Frau, mir gegenüber Platz zu nehmen. Sie tat es.

»Wir haben uns in der Gruppe noch nicht alle vorgestellt. Ich bin Hilde Wendel«, sagte sie leise. Ich nannte ebenfalls meinen Namen und wartete. Es dauerte eine ganze Weile, bis sie ihre Scheu überwunden hatte. Endlich fragte sie mich, ob sie mir etwas erzählen dürfe. Ich nickte einladend.

Sie atmete tief durch und suchte sichtlich nach einem Anfang. Zögernd begann sie, mir ihr Elternhaus zu schildern. Die Mutter war eine unaufdringliche Erscheinung, sie kümmerte sich liebevoll um ihr Kind. Der Vater war groß und kräftig, ein Maurermeister. Zuweilen trank er etwas zu viel – das sei so eine Berufskrankheit, versicherte sie mir. Aber bei ihm kam es nicht so oft vor wie bei anderen. Allerdings war er jähzornig und ungeduldig und erwartete, dass seine Frau sofort für ihn da war, wenn er von der Arbeit kam. Hilde blieb ihr einziges Kind. Sie war zart und klein wie ihre Mutter. Hildes Geburt hätte sie beinahe das Leben gekostet. Das bekam das Kind früh vom Vater zu spüren. Er schien das Mädchen nicht einmal wahrzunehmen.

Und noch etwas erregte immer wieder den Unwillen von Hildes Vater. Sie wohnten in einem Mietshaus direkt neben der katholischen Kirche. Im Grunde genommen war der Vater glaubenslos. Aber ihn störte das Läuten der Glocken und er äußerte sich abfällig über den Geistlichen und das ganze »Brimborium«, wie er es nannte.

»Ja, und gerade das war es, was mich schon als kleines Kind unwiderstehlich angezogen hat«, erzählte Hilde Wendel weiter. »Das weite, hohe Kirchenschiff, die zuverlässig starken Säulen, all die Bilder und Heiligenfiguren! Und dann der Duft von Kerzenwachs und Weihrauch. In Wirklichkeit verstand ich nichts von heiligen Dingen, ich wusste nicht einmal, was Weihrauch war. Bis ich zum ersten Mal, ich war wohl schon Schulmädchen, in eine Messe geriet. Als ich die schwere Kirchentür öffnete, waren die Bänke voller Menschen. Bisher hatte die Kirche immer mir allein gehört. Ich blieb ganz hinten stehen, um über die Köpfe der Gemeinde hinwegsehen zu können.

Ganz vorn stand ein Mann in einem kostbaren langen Gewand mit wundervoller Stickerei und Spitzen. Er sprach fremdartige Worte und hob eine dünne Scheibe hoch über seinen Kopf, er sprach von heiligem Brot, vom Leib Christi Jesu. Dazu klingelten kleine Glocken. Atemlos folgte ich dem weiteren Geschehen vorn am Altar. Wieder hob er etwas mit beiden Armen hoch, einen goldenen Kelch. Er sprach von dem Blut Christi Jesu. Ich wusste nicht, wer damit gemeint war. – Verzeihen Sie, dass ich das so ausführlich schildere«, unterbrach sie sich. »Ich möchte Ihnen nur begreiflich machen, wie das alles in mein völlig unwissendes Kinderherz fiel und es im Sturm eroberte. Warum mein Vater so hartnäckig dagegen war, verstand ich nicht. Für mich war das alles über die Maßen schön und heilig. Das Wort kannte ich damals noch nicht. Aber als man es mir später erklärte, begriff ich sofort, was gemeint war.

Sie müssen verstehen, dass all diese Äußerlichkeiten einen ungeheuren Eindruck auf mich als Kind machten. Ich wusste nicht das Geringste von dieser Welt des Glaubens. Sicher hätte mir meine Mutter einiges erklären können, aber vermutlich fürchtete sie den Zorn meines Vaters zu sehr.

Von da an fing ich sehr bewusst an, Kirchen zu besuchen, in der näheren und der ferneren Umgebung. Ich war natürlich weit davon entfernt, den Sinn der Worte und Handlungen dort zu verstehen. Aber die Schönheit eines Kirchenraumes, die bunten Fenster, all das faszinierte mich.

Ich weiß nicht, wie mein Vater schließlich dahinterkam, was ich in meiner freien Zeit trieb. Als er mich eines Abends zur Rede stellte und auszufragen begann, war ich bestürzt darüber, wie zornig er auf mich war. Mit strengstem Nachdruck verbot er mir, jemals wieder eine Kirche zu betreten. Ich muss gestehen, dass ich seinem Verbot nicht folgen konnte. Immer wieder trieb es mich in diese verbotene Zuflucht.

Dann erkrankte ich schwer an Kinderlähmung und musste ins Krankenhaus. Diese lange Leidenszeit will ich übergehen. Meine Bettnachbarin plagte und quälte mich aus unerfindlichen Gründen und verleumdete mich bei den Schwestern, was ich schließlich als Strafe für meinen Ungehorsam dem Vater gegenüber ansah, und so schwieg ich zu allem, was sie mir antat.

Eines Tages bekamen wir eine neue Krankenschwester. Und das war mein Glück. Nicht nur, dass sie dem Mädchen nicht glaubte, was es über mich sagte, sie nahm sich meiner auch besonders an. Sie war gläubige Christin. Bis dahin hatte mir niemand jemals etwas von Jesus, seiner Geburt, seinem Kreuzestod für uns Sünder wirklich erklärt.

Sie holte mich in das Schwesternzimmer, wenn sie Nachtdienst hatte und ich nicht schlafen konnte. Und da hörte ich zum ersten Mal die Weihnachtsgeschichte, erfuhr von der armseligen Geburt des Sohnes des großen Gottes. Der wenigstens war mir ein Begriff. Ich lernte, was Jesus in der kurzen Zeit seines Lebens für andere getan hatte.

Zu Weihnachten nahm mich die Schwester sogar mit in die Krankenhauskapelle. Es war ein evangelisches Krankenhaus und der Gottesdienst war mir zunächst fremd. Aber ich lernte das Kind in der Krippe und am Kreuz kennen.

Als ich mit meinen ledernen Beinschienen endlich nach Hause durfte, war meine Mutter nicht mehr da. Man hatte mir verschwiegen, wie krank sie geworden war, und kurz vor meinem Heimkommen war sie so still, wie sie im Leben gewesen war, von uns gegangen.

Der Vater, der Starke und alles Beherrschende, brach seelisch zusammen. Ich war noch ein halbes Kind, aber mir wurde geschenkt, den Vater zur Krippe führen zu dürfen. Wie mich die Schwester gelehrt hatte, fing ich an, in der Bibel zu lesen. Dem Vater, der willenlos alles geschehen ließ, las ich die Weihnachtsgeschichte aus Lukas vor, schmückte ihm ein Bäumchen und erhellte unsere ganze Stube mit Kerzen. Die Schwester kam uns besuchen. Durch sie fand ich den Weg zur einer freien Gemeinde und bin nun dabei, frei zu werden. Mein Herz ist so voll. Einem Menschen musste ich dies alles mitteilen.«

Ich nahm ihre Hände, drückte sie und schwieg tief berührt. Zu Weihnachten würde ich sie mit ihrem Vater einladen. Das Fest war ja nicht mehr weit. Es war mir durch diese unscheinbare Frau neu geschenkt worden.

Die Köchin und der Junge

Es war ein sehr altes, schönes Haus, ein Patrizierhaus mit Treppengiebeln, drei Stockwerken und einem hoch gelegenen Keller. Dieses Haus hatte die dreißig Jahre Krieg überlebt. Jetzt war endlich Frieden, aber nach den schrecklichen Kriegszeiten lag noch viel im Argen.

Die Kaufleute, die das Haus bewohnt hatten, waren noch kurz vor Ende des Krieges den plündernden und mordenden Horden der schwedischen oder der kaiserlichen Landsknechte zum Opfer gefallen. Nur Gret, die alte Köchin, war wie durch ein Wunder verschont geblieben.

Als eine andere Familie das Haus gekauft hatte, stand Gret allein und verlassen da. Aus Barmherzigkeit überließ man ihr im Keller einen alten Küchenraum, der nicht mehr gebraucht wurde. Zu Anfang hatte sie noch gehen und sich allein helfen können, aber der Raum war feuchtkalt und die Gicht bannte sie nun mehr und mehr in ihren alten Lehnstuhl.

So saß die einsame Frau tagaus, tagein neben dem niedrigen Fenster zur Straße. Es hatte eine dicke Scheibe, durch die sie – wenn auch undeutlich – nach draußen über das Kopfsteinpflaster blicken konnte. Da gingen sie vorbei, die Füße: Herrenfüße in hohen Stiefeln, Damenfüße in seidenen Schuhen und viele Füße in zerlumpten Lederschuhen. Und nackte, schmutzige Kinderfüße in allen Größen. Viel höher hinauf ging Grets Blick nicht, sie sah höchstens noch Rocksäume oder enge, elegante und zerlumpte Herrenhosen.

Das Fenster war für Gret die einzige Verbindung zu den Menschen – bis eines Tages ein Paar kleine Bubenfüße stehen blieben und der dazugehörige Körper sich neigte und sich schließlich auf den Pflastersteinen niederließ, damit die Augen in das Fenster spähen könnten. Die alte Köchin lächelte zu dem kleinen Kerl hinauf und der grinste zahnlückig zurück. Und das war der Beginn einer wunderbaren Freundschaft.

Gret winkte ihm zu, er klopfte an das Fenster und machte ihr ein Zeichen, es zu öffnen. Aber wie lange war es nicht mehr geöffnet worden! Die beiden Riegel, die es am Rahmen festhielten, waren verrostet. Gret arbeitete verbissen, bis sich einer der Riegel öffnete. So konnte sie das Fenster einen Spaltbreit zur Seite aufschlagen. Trotzdem klemmte es immer noch. Der Junge steckte sein Holzschwert in den Spalt und zog und schob aus Leibeskräften. Und endlich war die Öffnung groß genug, dass der Kleine sich hindurchzwängen konnte. Er plumpste der alten Köchin geradewegs auf den Schoß. Sie schloss erfreut die Arme um ihn und drückte ihn an sich. Der erste Mensch seit Jahren, der sich zu ihr verirrt hatte! Es war nicht so, dass die neuen Besitzer des Hauses unfreundlich gewesen wären oder die alte Frau ganz vergessen hätten. Eine junge Magd brachte ihr häufig Reste, die von den Mahlzeiten des Haushalts übrig geblieben waren. Aber sobald das Mädchen die Schüssel abgegeben hatte, musste es wieder die Treppe hinaufeilen, denn jeden Augenblick rief jemand nach dem schmächtigen Ding.

Den Jungen wollte Gret nun nicht so bald loslassen. Er hieß Gabriel. Sie erfuhr, dass er ebenfalls von seiner ganzen Familie allein übrig geblieben war und normalerweise in einem Stall im Stroh zu Füßen der Pferde schlief. So sah er auch aus. Zuerst einmal schickte Gret den Jungen zur Hintertür hinaus auf den Hof. Dort stand das Brunnenhaus, wo er Wasser holen sollte. Die junge Magd half dem Knirps, den Eimer ins Wasser zu senken und wieder heraufzuziehen. Es war ein schwerer Eimer aus Holzdauben. Aber Gabriel schaffte es schnaufend, ihn in den alten Küchenraum im Keller zu tragen, ohne allzu viel Wasser zu verschütten. Dann wurde er von Gret gewaschen und gebürstet, von oben bis unten. Er hätte laut geschrien, aber Gret hielt ihm vorsorglich den Mund zu. Die Hausbewohner sollten nicht wissen, dass sie einen Gast beherbergte.

Gabriel brachte seiner Freundin nun einiges, was er draußen fand, vor allem Holz für den Herd. Es gab genügend Häuser, die in Trümmern lagen und bei denen er Stücke von verkohlten Balken und anderes Splitterholz fand, das keiner wegräumte. Er sammelte es in einen zerschlissenen Sack und reichte ihn Gret durch das Fenster. Damit konnte sie endlich ein Feuer in dem großen Steinherd anmachen.

Es ging auf den Winter und auf Weihnachten zu. Oft saßen nun die alte Gret und der junge Gabriel im Warmen zusammen und Gret erzählte ihm Geschichten. Am liebsten hörte er, was sie von der Weihnachtsgeschichte behalten hatte.

In den Jahren, die er sich allein hatte durchbringen müssen, hatte Gabriel das Stibitzen gelernt. Für das Empfinden der ehrbaren Köchin beherrschte er es viel zu gut. Aber was sollte sie sagen? In der wilden Zeit gleich nach dem Krieg kümmerte sich ja niemand um die vielen Straßenkinder. Warum sollte er verhungern, wenn die Leute so unaufmerksam waren? Der Bäcker, der seine frisch duftenden Brote draußen vor dem Ladenfenster feilhielt, der Fleischer an der Ecke, der seine Würste draußen an eine lange Stange hängte, der Marktstand mit den Äpfeln ...

Gret und Gabriel hatten es warm und Gret konnte nun wieder ein wenig hin und her gehen. Verhungern mussten sie auch nicht, denn Gret teilte mit ihm, was man ihr von der Familie oben zukommen ließ. Es fehlten ihnen an den dunklen Winterabenden, zumal zum Christfest, nur die nötigen Kerzen. Auch da wusste Gabriel Rat. In der Kirche gab es immer wieder heruntergebrannte Lichter, deren Stummel der Junge fleißig sammelte, wenn der Küster nicht hinsah; und unter seinem Wams verborgen, brachte er sie seiner alten Freundin.

Nun konnte es Weihnachten werden. Gret heizte den Herd ordentlich ein. Kerzen, Äpfel, ein ganzes Brot und eine Wurst lagen auf dem sauber gescheuerten Tisch. Da huschte die junge Magd noch einmal in die alte Küche. Die Herrschaft hatte ihr einen ganzen Honigkuchen zu Weihnachten geschenkt. Davon wollte sie der Köchin die Hälfte abgeben. Und weil sie heute den Rest des Tages freihatte, lud Gret sie freundlich ein, mit ihr und Gabriel das Fest der Christgeburt zu feiern. Dankbar setzte sich das Mädchen an den Tisch und blickte der alten Köchin zum ersten Mal richtig in die Augen. Es waren gute Augen, weise und voller Liebe.

Für Gret waren die beiden jungen Menschen das schönste Weihnachtsgeschenk. Mit ihrer brüchigen Stimme sang sie ihnen die alten Lieder vor, die sie noch von ihren frommen Eltern gelernt hatte. Als Nächstes musste sie die alte Geschichte erzählen, die doch immer wieder neu war und das Herz berührte. Und sie konnte erzählen! Gabriel und das Mädchen hockten selbstvergessen auf ihren Stühlen und ließen das breite, runzlige Gesicht nicht einen Moment aus den Augen. Sie sahen Maria und Josef auf dem Weg nach Bethlehem. Und da Gret es nicht besser wusste, erzählte sie, wie die beiden müden Menschen sich durch den tiefen Schnee kämpften. Dann kam die Zählung in dem Ort, aus dem Josef stammte, die Gastwirte, die sie barsch abwiesen, weil sie ihre Häuser übervoll hatten, bis einer sie wenigstens in einen Stall wies. Das Jesuskind lag in der Krippe auf kratzigem Stroh. Dann erschien die Engelschar auf der Weide mit den Schafen. Gret ließ die Hirten schleunigst aufbrechen mit einem Lammfell, einem Krug Milch, einem Käse als Gaben für das Kind. Und die kleineren Engel ließ sie durch den Stall schweben und leise und lieblich für das Kind musizieren, dass die Magd den Kopf hob, als müsse es heute auch so sein. Die beiden jungen Menschen erlebten ein Weihnachten, wie sie es noch nie in ihrem armseligen Leben erfahren hatten. Und die alte Köchin fühlte sich dabei wieder jung.

Wäre Gabriel nicht so neugierig gewesen damals im Sommer und hätte er nicht durch das Fenster gelugt, die alte Köchin wäre wohl gestorben vor Einsamkeit und Kälte. Aber nun hatte sie wieder einen, der für sie sorgte und den sie versorgen durfte. Oh du fröhliche, oh du selige Weihnachtszeit!

Der Heimkehrer

Der Mutter waren nur die zwei Töchter geblieben. Ihr Mann wurde vermisst, ein Sohn war mit dem U-Boot auf See geblieben. Und der Älteste? Schwer verwundet hatte er ein Jahr im Lazarett verbracht. Und dann? Sie wusste nichts von ihm. Seit einem Jahr war keine Nachricht mehr gekommen.

Im Herbst 1944 hatte die Mutter Ostpreußen mit einem der letzten Züge verlassen können. Bei ihren Schwiegereltern in Sachsen fand sie Unterschlupf. Auch ihre beiden Töchter, von denen eine einem Beruf nachging und die andere noch Schülerin war, ließ ihr Schwiegervater zu sich und seiner Frau kommen. Wie viele andere wusste er, dass der Krieg bald ein Ende haben würde, und er wollte wenigstens den Rest der Familie um sich sammeln.

Das nahe Weihnachtsfest konnte nur dank der immer gleichbleibenden, wunderbaren Geschichte von der Geburt des einzigen Helfers aus der Not gefeiert werden. Der Großvater war der ehemalige Bischof der Herrnhuter Missionsgemeinde und ließ nicht zu, dass der Glaube durch Not und Tod in sich zusammenfiele.

Darüber hinaus setzte die Mutter alles daran, trotz der schweren Umstände ein wirkliches Fest aus dem wenigen, was man bekam, zu machen. Das Einzige, was es noch ohne Marken gab, war ein Tannenbaum. Der Wald um die alte, kleine Stadt herum war groß genug, um sich dort einen zu holen. Das ganze Haus duftete jetzt nach dem Baum. Allerdings bestanden die Kerzen nur aus den Stummeln vom letzten Jahr, die sorgsam aufgehoben worden waren. Was auf Marken zu bekommen war, sparte man für das Fest. Denn ein Fest sollte es trotz Krieg und Not wieder werden. Es war sehr kalt, nur ein Raum konnte notdürftig beheizt werden. Darum zog man alle warmen Kleidungsstücke übereinander an, die man besaß.

So war der Rest der Familie zusammen und machte sich auf, den Weihnachtsgottesdienst zu besuchen. Mehr als je zuvor sollte dieser Gottesdienst Licht und Wärme in die Not des Krieges bringen. Nicht einer blieb im Haus zurück, selbst die gebrechlichen Großeltern nicht. So kam es, dass sie bei ihrer Rückkehr im Dunkeln eine undeutliche Gestalt vor der verschlossenen Tür stehen sahen. Wer war das, der sich dort an die Haustür lehnte? Es war ein Mann, der sich mühsam auf zwei Krücken stützte, ohne Zweifel ein Soldat.

Der Großvater zündete rasch ein Streichholz an und in dem kurz aufleuchtenden Lichtschein erkannten sie Winfried, den ältesten Sohn, von dem sie so lange nichts mehr gehört hatten. Jubelnd wurde er ins Haus gezogen und in den Ohrensessel des Großvaters nahe dem hohen weißen Ofen gesetzt. Alle drängten sich um ihn herum und stellten ihm Fragen: Wo kam er her? Wie war es ihm ergangen? Wo war er so lange abgeblieben, ohne Nachricht zu geben?

Doch da gebot die Mutter erst einmal Ruhe: Winfried könne unmöglich alle Fragen gleichzeitig beantworten und er brauche dringend etwas Warmes zu trinken. Sie brachte ihm einen Tee aus selbst gesammelten Brombeerblättern und Zitronenmelisse und er legte dankbar seine steif gefrorenen Hände um den warmen Becher. Nachdem sie alle etwas gegessen hatte, begann Winfried, stockend zu berichten.

Nach seiner Verwundung war er zum Wachdienst ins KZ Buchenwald strafversetzt worden, weil er gemeinsam mit einigen Kameraden in der Bibel gelesen hatte und denunziert worden war. Von seinem Aufenthalt in dem berüchtigten Lager hatte Winfried seiner Familie keine Nachricht geben dürfen.

Gnadenlos hatte man seine schwere Verletzung zunächst ignoriert und ihn einem Zuchthäusler unterstellt, der als Oberwachmann gern von seinem Knüppel Gebrauch machte. Das einzige Zugeständnis, das man ihm gemacht hatte, war, dass er beim Wachdienst sitzen durfte. Vor dem Kapo musste er sich vorsehen, wenn er den Gefangenen ein paar abgesparte Kartoffeln oder einen Zettel mit einem Bibelspruch vor den Spaten fallen ließ.

Schließlich sollte er erschossen werden, weil einer der Gefangenen von dem Acker, auf dem er wachen musste, durch ein Abflussrohr entkommen war. Aber das Urteil wurde noch einmal aufgehoben. Endlich hatte ein Lagerarzt erkannt, dass Winfried immer noch schwer verwundet war und unmöglich einen achtstündigen Wachdienst ableisten konnte. So war er plötzlich entlassen worden.

Erschöpft schwieg Winfried. Die Mutter machte den anderen ein Zeichen, ihn in Ruhe zu lassen. Die Großeltern waren schon zu Bett gegangen, aber Winfrieds Schwestern konnten sich nur schwer von dem wiedergefundenen Bruder trennen. Sie halfen der Mutter, Winfried das Bett zu richten. Die Ältere dachte umsichtig daran, die ovale Kupferwärmflasche an seine immer noch eiskalten Füße zu legen. Eine Decke und ein dickes Federbett wurden aus der Truhe auf dem Dachboden geholt.

Am Morgen des Weihnachtsfestes erschien Winfried unerwartet, erfrischt von Schlaf und Wärme, am Frühstückstisch. »Kinder, es ist Weihnachten! Lasst Vergangenes vergangen sein. Ich habe zu viel geredet. Jetzt wollen wir nur noch an den Urheber des Festes denken und ihm von Herzen danken, dass er in die Welt gekommen ist! Er war es, der mich aus der Hölle herausgeholt hat.«

Die Mutter und die Schwestern waren sich einig, Winfried zuliebe all das Schreckliche nicht mehr zu erwähnen, was er ihnen erzählt hatte. Am Abend wurden feierlich die Kerzenstummel entzündet. Es wurde hell und warm. Christ war geboren! Alles andere verlor dagegen an Gewicht.

Ein neues Zuhause

Von der großen Stadt Köln am Rhein bis weit in den Süden, zu einer kleinen Stadt am Rande des Schwarzwalds, war es eine lange Reise. Endlich verringerte der Zug seine Geschwindigkeit und die Kinder ahnten, dass sie bald ihr Ziel erreicht haben würden. Müde blickte die kleine sechsjährige Elli vor sich auf den schmutzigen Holzboden des langen Abteils. Überall saßen Kinder, nur Kinder – ohne Mutter und Vater. Die Eltern waren im Krieg geblieben. Krieg! Die ganze Welt drehte sich um dieses Wort, es wurde in den kleinen Köpfen zu einem alles verschlingenden Schrecken.

Bomben hatten die Häuser, Wohnstätten, Eltern und Geschwister der Kinder unter Trümmern begraben. Viele von ihnen begriffen ihren Verlust noch nicht. Man hatte sie aus den Trümmern geborgen oder auf den Trümmern sitzend gefunden und, so gut es ging, gesammelt.

Und nun sollten sie weit weg von zu Hause zu fremden Menschen kommen, die sich bereit erklärt hatten, ein heimatloses Kind anzunehmen. Hier und da hatten sich die Kinder zu Grüppchen zusammengefunden. Die Älteren kümmerten sich um die Kleinen. Es hatte sich so ergeben, ohne dass sie dazu aufgefordert worden wären.

Der Zug hielt mit einem heftigen Ruck. Diejenigen, die dicht gedrängt am Fenster standen, purzelten durcheinander. Sie lachten. Die Kinder, die auf einer Bank eingeschlafen waren, wurden von freundlichen Frauen geweckt und auf den Bahnhof getragen.

Der kalte Wind trieb Schneeflocken vor sich her. Die Kinder drängten sich dicht aneinander wie eine Schafherde. Hier waren sie ausgeladen worden; und was würde jetzt geschehen?

Die freundlichen Frauen wiesen sie an, sich in eine Reihe zu stellen. Fremde Leute, die meisten von ihnen Frauen, gingen an der Reihe entlang. Hier wurde ein Mädchen herausgerufen, dort ein Junge. Immer mehr Kinder wurden an fremden Händen irgendwohin weggeführt. Die Kleinsten blieben am längsten übrig. Verschreckt klammerten sie sich aneinander.

Eine Frau stand nun vor Elli, sie war rundlich und trug einen dicken Lodenmantel und ein buntes Wolltuch um den Kopf. Sie blickte Elli mit warmen braunen Augen an und streckte dann die Hand aus: »Diese!«

So kam Elli in eine Bauernfamilie im Schwarzwald. Es gab noch mehr Kinder in der Familie und sogar einen Vater. Er hatte im Krieg eine Hand verloren und durfte deshalb zu Hause bei Frau und Kindern bleiben. Zunächst stand Elli allein in der Diele, die ganz fremd roch. Die anderen Kinder, fünf an der Zahl, drängten sich in einer Ecke dicht zusammen. Die Frau, die den Mantel und das Kopftuch abgelegt hatte und schöne bunte Kleider trug, nahm Elli an die Hand und führte sie zu ihren Kindern. »Das ist euer neues Schwesterchen«, sagte sie. »Dass ihr nur recht lieb zu ihr seid!«

Die kleine Elli wuchs erstaunlich schnell in den Kreis ihrer neuen Geschwister hinein. Sie durfte Vater und Mutter zu ihren Pflegeeltern sagen. Alles war anders als in der engen Stadtwohnung im dritten Stock, in der sie vorher gelebt hatte. Anders und sogar schöner. Schnell verblasste die Erinnerung an das hohe Mietshaus, sogar das Bild der eigenen Mutter wurde für Elli immer verschwommener. Sie hatte ja nie viel von ihrer Mutter gehabt, die jeden Tag zur Arbeit gegangen und erst am Abend müde nach Hause gekommen war. Die neue Mutter dagegen war immer da! Sie war in der herrlich warmen Küche und im Stall bei den Kühen und dem gackernden Hühnervolk zu finden und am Abend saß sie mit allen Kindern auf der breiten Bank am grünen Kachelofen. Dort las sie ihnen aus einem Buch vor, das Elli nicht kannte. Jetzt in der Weihnachtszeit las sie von einem ganz armen Kind vor, das nicht einmal ein weißes Gitterbett gehabt hatte. Dieses Kind war auch nicht in einem Haus geboren worden, sondern in einem ganz gewöhnlichen Schafstall.

Elli konnte nicht genug davon hören. Die Mutter las nicht nur vor, sondern sie erzählte den Kindern auch gern die Geschichten, so wie sie sie sich vorstellte. Und ihre Erzählungen waren fröhlich, lebendig und gut zu verstehen.

Längst schon sangen die Geschwister Lieder von Weihnachten und die Älteren lernten mit Fingern in den Ohren Psalmen und Gedichte auswendig. Das Haus begann nach Tannengrün und ganz köstlich nach Plätzchen und Lebkuchen zu duften. Kerzen wurden angezündet. Jeden Adventssonntag kam eine weitere große rote Kerze auf dem Tannenkranz dazu, bis alle vier brannten.

Nun war die Kinderschar kaum mehr zu halten: »Einmal werden wir noch wach, heißa, dann ist Weihnachtstag!« Elli glaubte zu träumen. So etwas hatte sie nie erlebt. Ellis Mutter, als sie erfahren hatte, dass ihr Mann nie mehr heimkommen würde, hatte alles Feiern aufgegeben. Sie hatte kein Fest, kein Grün und keine Kerzen mehr haben wollen. Nur einen Kuchen hatte sie gebacken. Und für einen Kuchen hatte man die Lebensmittelkarten lang sparen müssen. Das war alles, woran sich Elli erinnern konnte.

Hier wurde richtig gefeiert. Seit gestern war die Stubentür fest verschlossen. Renerle, die so alt war wie Elli, die große Anna, schon im achten Jahr, der Älteste, Hans-Peter, die runde Vroni mit ihren fingerlangen Zöpfchen, der kleine Hannes, der gerade erst laufen gelernt hatte, und Elli mittendrin standen in glühender Erwartung vor der Stubentür. Wann würde endlich die kleine silberne Glocke erklingen?

Endlich war es so weit und für Elli war alles so überwältigend herrlich! Der Baum aus dem Wald reichte hoch bis an die Balkendecke, seine Äste waren breit und glänzten grün, beladen mit dem reichen Schmuck von brennenden Kerzen, Äpfeln, vergoldeten Nüssen, bunten Glaskugeln.

Elli blieb wie gebannt an der Tür stehen. Die Weihnachtslieder, die sie nun alle durcheinander sangen, kannte sie nicht, weder »Vom Himmel hoch« noch »Stille Nacht« und nicht einmal »Ihr Kinderlein, kommet«. Sie konnte sich nicht rühren und konnte auch nichts dafür, dass die hellen Tränen über ihre Wangen liefen. Der Vater war es, der das Kind zu sich auf den Schoß holte. Dort saß heute nicht die Vroni, auch nicht der Hannes, nein, die Elli. Und keines der Kinder neidete ihr den Ehrenplatz. Sie gehörte jetzt ganz dazu. Das Kind in der Krippe hatte ihr die neue Heimat geschenkt.

Der Besuch des Bischofs

Im Björn-Hof, dem Herrenhaus weit oben im Norden Norwegens, zwischen Fjord und Berg, unweit der Schären über dem schmalen Strand, wurde schon seit Tagen gebraten und gebacken.

Der Bischof der Färöer-Inseln wurde zum Christfest erwartet. Er hatte den Hausherrn und dessen Gemahlin gut gekannt und war freundschaftlich mit ihnen verbunden gewesen, bevor die beiden mit ihrem Boot in einen Sturm geraten und ums Leben gekommen waren. Nun wollte der Bischof die acht elternlosen Söhne und die Tochter seiner Freunde besuchen. Die Geschwister waren sich der großen Ehre bewusst, die ihnen damit zuteil wurde, und sie warteten schon gespannt auf den Weihnachtsgast.

Etwa 200 Jahre vorher waren die ersten Missionare, die den Norwegern den christlichen Glauben gebracht hatten, noch verfolgt worden. Aber die Vorfahren der neun Geschwister hatten den christlichen Glauben angenommen und waren damit fast die Ersten der ganzen Gegend gewesen. Sie hatten sich auf die Seite der tapferen Männer gestellt, die unermüdlich an der fjord- und inselreichen Küste Norwegens umhergereist waren, um die Botschaft von Christus zu verbreiten.

Dass der Bischof mit ihnen Weihnachten feiern wollte, löste bei den neun Geschwistern, die noch das alte Langhaus der Vorfahren bewohnten, große Freude und Erwartung aus. Ihr Vater war ein Edelmann am Hof König Erling Jarls gewesen. Die Tochter Ragnhild hatte jedoch mit dem Herrscherhof nichts zu tun, sie musste den acht Brüdern Mutter und Vater ersetzen. Diese große Aufgabe war fast zu schwer für die junge Frau. Aber sie war die Älteste und musste deshalb die Herrin im Haus und das Vorbild der Brüder sein. Je nach Temperament folgten sie ihr mehr oder weniger willig. Ihr jüngster Bruder, Klein Sverre, war erst zehn Jahre alt.

Ragnhild hatte mit ihren Mägden dafür gesorgt, dass die Halle, die fast die ganze Länge des Hauses einnahm, weihnachtlich geschmückt worden war. Die Mägde hatten mit Reisig und Holzspänen den Fußboden gescheuert und mit weißem Sand und kleinen Tannenzweigen bestreut. Die beiden langen Reihen der Tische waren mit weißen, hausgewebten Leinentüchern bedeckt und für die besondere Feier mit Holzplatten voll Schinken, Wildfleisch, Fisch, Flachbrot und süßem Honigbrot beladen. Dazwischen standen irdene Krüge voll Met. Überall auf den Tischen warteten Kerzen auf den verehrten Besucher. An den Wänden waren die Fackeln noch nicht entzündet. Das schwere schwarze Sparrenwerk zog sich bis unter den

Dachfirst. Nur ein paar Luftlöcher weit oben Richtung Giebel und das Rauchloch über der Herdstelle in der Mitte der Halle ließen ein wenig Licht herein.

Hoch aufgerichtet stand Ragnhild auf der Empore, wo der Tisch für die Gäste gedeckt war. Die Brüder begannen, ungeduldig zu werden, und ihre Stimmen schwollen an, zum Teil tief und brummend, zum Teil noch hoch und unreif. Wenn Ragnhild die Brauen über ihren blauen Augen drohend zusammenzog und einen Ehrfurcht gebietenden Blick in ihre Richtung warf, verstummten sie.

Halfdan war nach Ragnhild das älteste der Kinder. Er stand der Schwester oft wie ein Mann zur Seite. Mit ihm konnte sie sich über Fragen des Haushalts und der Erziehung der Jüngeren beraten. Nun wanderten die Jungen murrend und ungeduldig zwischen den Schlafbänken an den Seiten der Halle und den Tischen herum. Immer wieder fingen sie an zu streiten.

Da gab Halfdan den Brüdern Hakon und Ola, die schon zu den Größeren zählten, ein Zeichen, draußen auf den Klippen nach dem Schiff Ausschau zu halten. Dag und Björn drängten mit hinaus. Nur Siever und Thoren blieben zusammen mit Sverre in der Halle an der geöffneten Tür stehen, weil Ragnhild sie zurückhielt.

Plötzlich stürzte Hakon wieder herein und rief Halfdan und Ragnhild zu: »Ein Schiff hängt gestrandet in den Klippen! Wir müssen eilig hinunter zum Strand, um zu helfen. Die Knechte sollen mitkommen. Wir müssen retten, was zu retten ist!« Halfdan lief ihm hinterher. Auch die anderen drei Jungen wollten nicht zurückbleiben. Ragnhild rief sie gebieterisch zu sich, aber sie ließen sich nicht aufhalten. Sogar Sverre rannte den Brüdern nach. Ehe Ragnhild sich umsehen konnte, war die Halle leer.

Der harte Nordwind hatte den Schnee an manchen Stellen zu hohen Wehen aufgetürmt und an anderen Stellen den Felsboden wie blank gefegt. Keiner der Jungen hatte daran gedacht, sich eine Felljacke oder einen Mantel überzuziehen. Der steile Weg zwischen den Felsen abwärts zum Strand war unter der dicken Schneedecke kaum zu erkennen. Die Ältesten waren eilig hinuntergerutscht und hatten den Brüdern eine Bahn hinterlassen. Aber die Steine unter der ungleichen Schneeschicht waren vereist und glatt.

Verzweifelt stand Ragnhild oben über den Klippen und sah Sverre hinterher. Er hatte sich auf einen aus Reisig geflochtenen Schneeteller gesetzt und schlitterte nun in den Spuren der Großen über Stock und Stein.

Am Strand hatten sich schon die Fischer eingefunden und bestiegen gerade das erste Boot. Schnell schwangen sich Halfdan, Hakon und Ola mit hinein und halfen mit allen Kräften beim Rudern. Die anderen Brüder nahmen das zweite Boot, nur den beiden Jüngsten befahlen sie, am Strand zu bleiben.

Das gestrandete Schiff hatte mit der Breitseite einen scharfen Felsen gerammt. Es wies einen gefährlichen Riss auf, der sich jeden Augenblick vergrößern könnte. Wenn das Schiff auseinanderbräche, würden die Strudel an den Klippen das Wrack in die Tiefe reißen. Hilfe suchend schwenkte der Kapitän eine der Schiffslampen. Neben ihm stand der Bischof und klammerte sich an einen abgebrochenen Mast. Die Matrosen hingen an Masten und Planken und suchten verzweifelt Halt auf dem schräg geneigten, gerade noch von den Felsen getragenen Schiff.

Die Wellen schlugen hoch, dennoch erreichte das erste Fischerboot das Wrack. Ehe der Bischof den Mast losließ, um ins Rettungsboot zu steigen, blickte er zu den Schiffsleuten zurück. Was würde aus ihnen werden? Da packten ihn starke Arme und rissen ihn in das rettende Boot. Die Söhne vom Björn-Hof standen mit gespreizten Beinen im Fischerboot und zogen einen Mann nach dem anderen zu sich herüber. Auch das zweite Boot erreichte das Schiff und nahm die restlichen Seeleute auf. Durch die wütende Brandung kehrten sie zum Strand zurück.

Als das erste Boot mit dem Bischof und zwei Matrosen auf den Sand gezogen wurde, kamen

Halfdans jüngste Brüder mit glühenden Wangen und blitzenden Augen gelaufen, mischten sich unter die älteren Geschwister und standen den anderen im Weg herum. Endlich landete auch das zweite Boot und die nassen, frierenden Schiffbrüchigen wurden zum Teil in den Fischerhäusern untergebracht. Den Bischof mit seinen Begleitern führten die jungen Männer über den steilen, vereisten Pfad zum Herrenhaus hinauf. Alle schienen in Sicherheit zu sein. Aber als Ola auf das gekenterte Schiff zurückblickte, sah er noch einen Mann auf dem sich neigenden Deck stehen – es war der Kapitän. Wieder bestiegen die drei älteren Brüder zusammen mit zwei Fischern ein Rettungsboot und ruderten hinaus. Kurz bevor das Schiff auseinanderbrach, erreichten sie den Kapitän. Er weigerte sich, das Schiff zu verlassen, aber die starken jungen Burschen packten den Mann und zogen ihn in das Rettungsboot. Es war Weihnachten und sie hatten keinen verloren!

Erschöpft, aber stolz und glücklich führten sie die Gestrandeten in ihr Haus. Dort konnten diese sich von ihren nassen, eiskalten Kleidern befreien und wurden mit trockenen Kleidungsstücken der ältesten Brüder versorgt. Ragnhild ließ ihnen Met und heißen Würzwein bringen. Fürsorglich geleitete sie die Gäste zu den Bänken in der Mitte der Halle, nahe der mächtigen Feuerstelle, damit sie sich vollends trocknen und wärmen könnten. Die

Fackeln an den Wänden flackerten und das Licht der Kerzen auf den Tischen leuchtete festlich und hell. Es duftete nach frischem Tannengrün und vom Küchenhaus her nach einem kräftigen, nahrhaften Imbiss.

Nun wurde der Bischof mit seinen Begleitern zur Gästetafel auf der Empore geführt und die eigentliche Feier des Christfestes konnte beginnen.

Mit wachsamem Blick prüfte Ragnhild, ob alle in der Halle gut versorgt würden, während ihre Brüder die Gäste bedienten. Nachdem die Knechte und Mägde Speise und Trank aufgetragen hatten, bekamen sie ihre Plätze weiter unten und unterhielten sich ausgelassen auf ihre Weise.

Nach dem üppigen Mahl erhob sich der hohe Gast, um die Weihnachtsansprache zu halten. Er ließ sich von Halfdan die schwere Bibel mit den kunstvoll gestalteten silbernen Ecken und dem breiten Schloss geben und las aus dem Lukasevangelium vor. Danach stimmten viele Kehlen freudig den Weihnachtspsalm an. Wären außer den wenigen Mägden noch Mädchen aus der Nachbarschaft eingeladen worden, hätte es nun fröhliche Weihnachtstänze gegeben, wie es der Brauch war. Aber aus Rücksicht auf den Bischof hatte Ragnhild dieses Jahr darauf verzichtet.

Heute wurde nicht nur das Christfest gefeiert. Heute war man auch von Herzen dankbar für die gnädige Rettung aus Todesnot! Der Bischof erin-

nerte die jungen Leute auch an ihre Eltern und er-
mahnte die Brüder, der Schwester beizustehen, ihr
zu gehorchen und den tüchtigen und tapferen Eltern im rechten Glauben nachzueifern.

Seit dem bitteren Verlust der Eltern war dies das
schönste Christfest für die neun Geschwister auf
dem Björn-Hof, und sie würden es nie vergessen.

Weihnachten
in der Bahnhofshalle

Es war der Freitagabend vor dem vierten Advent, anderthalb Jahre nach Kriegsende. Die Probe der Studenten-Kurrende war beendet. In die Unruhe des Aufbruchs hinein, als jeder nach Hause in seine »Bude« strebte – damals waren Studentenunterkünfte dürftig –, bat der Leiter des Chores noch einmal um Aufmerksamkeit. Leises Murren erstarb gleich wieder angesichts der Persönlichkeit des Leiters. Trotz seiner Jugend erhielt Harm Prior mühelos Respekt, nicht nur wegen seiner überragenden Körpergröße, sondern vor allem dank seiner angeborenen Führungsqualitäten und seiner Reife.

»Wartet bitte einen Augenblick. Ich muss noch etwas mit euch besprechen.« Die jungen Leute blieben stehen und blickten erwartungsvoll zu dem blonden Hamburger auf. »Zuerst eine Frage! Wer von euch bleibt über Weihnachten hier?« Der größere Teil feierte das Fest bei den Eltern, andere waren bei Freunden eingeladen. Die Gruppe, die die Festtage einsam, ob im eigenen Zimmer oder im Studentenheim, zu überstehen hatte, war relativ klein. Was sollte die Frage? Was wollte Harm Prior?

»Also«, begann er, nachdem er sich davon über-
zeugt hatte, dass die Gruppe, die dablieb, für seinen
Plan groß genug war, »passt mal auf. Was haltet ihr
davon, am Heiligen Abend in der Vorhalle des
Bahnhofs ein paar Weihnachtslieder zu singen?«

Was für ein Gedanke! In dem Gewimmel auf
dem Bahnhof im Kreis zu stehen und besinnliche
Lieder mitten in den Lärm hinein zum Besten zu
geben! »Wahnsinn!« – »Unmöglich!« – »Nicht mit
mir!« – »Ich bin doch kein Schausteller für eine
stumpfsinnige Menge!« Das waren die ersten Re-
aktionen. Harm hatte so etwas erwartet. Um Ruhe
bittend, hob er noch einmal die Hand. »Ihr habt
doch selbst gesagt, ihr hättet am Vierundzwanzig-
sten nichts Besonderes vor, oder?«

Da trat nach dem ersten empörten Sturm wieder
Stille ein. Man begann, dem Plan etwas abzuge-
winnen. »Wer weiß, wie viele Menschen auf dem
Bahnhof nach all dem Kriegselend noch etwas von
Weihnachten wissen? Wäre es nicht unsere Aufgabe, durch unsere Choräle den einen oder anderen
an den Sinn des Festes zu erinnern? Kalte Herzen
etwas zu erwärmen, Kummer um Verlorenes durch
das Licht der Weihnachtsbotschaft zu lindern?«

Da war etwas dran, sicher. Außerdem würde
man zum Fest sowieso allein sein, und so könnte
man sich wenigstens etwas von der Weihnachtsstimmung mitnehmen, und wenn es nur der festli-
che Anblick des riesigen Tannenbaums in der

Bahnhofshalle sein würde. So wurde der Plan also angenommen, wenn auch der eine oder der andere insgeheim noch etwas murrte. »Aber lass wenigstens Gardinen in der Straßenbahn anbringen, wenn wir wieder abdampfen«, waren die letzten Regungen des Widerstands.

Der Heilige Abend kam und der kleine Rest des Kurrendechors hatte sich vor dem Christbaum in der Bahnhofshalle im Kreis aufgestellt – und sang. Etwas unsicher zuerst, denn zunächst fiel es schwer, sich in dem Stimmengewirr und der drängenden Unruhe ringsumher Gehör zu verschaffen. Aber tatsächlich, der »Große«, wie der Leiter meist genannt wurde, hatte doch recht gehabt, als er sich in seinem Vorhaben nicht hatte beirren lassen. Denn immer wieder blieb einer stehen und lauschte.

Der anfänglich zögernde Gesang nahm zu an Intensität und Inbrunst. Vergeblichkeit oder gar Peinlichkeit empfand nun keiner mehr. Mochten auch manche Leute spotten! Sie wurden übertönt von erstaunten und schließlich froh ergriffenen Stimmen.

Eine Frau konnte ihre Tränen nicht mehr zurückhalten. Sollte es wirklich wahr sein, wovon die Lieder erzählten? War Christ erstanden? Hatte der Heiland die Himmel aufgerissen? Die jungen Leute sangen: »Hier leiden wir die größte Not ... Ach komm, führ uns mit starker Hand vom Elend zu dem Vaterland!«

»Sind wir nicht ›von starker Hand‹ jahrelang verführt worden, anstatt geführt zu werden?«, fragte sie die Studenten. »Und nun sollen wir uns Jesu starker Hand anvertrauen? Hat der Glaube nicht meinen Mann ins KZ und in den Tod geführt? Oder kann sein Tod ein Schritt auf einem sinnvollen Weg sein, dem Weg in ein höheres Vaterland?«

Da hielt die Kurrendegruppe inne und wurde ganz still. Der »Große« hatte recht gehabt mit seinem Wunsch, Weihnachten gerade in die Bahnhofshalle zu tragen!

Die Lichter brennen

In Südamerika fällt Weihnachten in die heiße Trockenzeit. Dort gibt es keinen Schnee und keine harzig duftenden Tannenbäume. Unsere Geschichte hat sich in einem Land ereignet, in dem Schwarzafrikaner, Inder, Chinesen und Indianer zusammenleben. Ihre Kinder sehen alle anders aus, aber genau wie bei uns freuen sie sich alle auf Weihnachten.

Damals, als die Geschichte passierte, gab es in diesem Land keine echten Weihnachtsbäume. Wenn man einen Baum aufstellte, waren seine grünen Nadeln aus Papier. So ein Baum stand auch in einer großen, schlichten Kirche. Es gab keine elektrischen Kerzen. Die Lichter mussten ganz vorsichtig auf die Zweige gesteckt werden, damit die Papiernadeln nicht Feuer fingen. Der Baum war mit vielen bunten Kugeln und mit silbernen Sternen und Herzen geschmückt.

Am Heiligen Abend durften die Kinder mit ihren Müttern als Erste in der Kirche Weihnachten feiern, damit sie nicht zu spät ins Bett kämen. In diesem Land wird es schon um sechs Uhr dunkel, darum kam es den Kleinen so vor, als sei es mitten in der Nacht, als sie, zappelnd vor Ungeduld, mit ihren Müttern in die Kirche traten.

Natürlich kannten die Kinder die Weihnachtsgeschichte aus dem Kindergottesdienst, aber der Pfarrer las sie vorn am Altartisch noch einmal ganz langsam vor. Dann erzählte er ihnen die Geschichte von den Engeln und den Hirten mit eigenen Worten, sodass sie sie gut verstehen konnten.

Die Kinder saßen in den ersten beiden Bankreihen, ihre Mütter direkt hinter ihnen. Die Kinder wussten, dass sie heute besonders artig sein müssten, sie durften nicht aufstehen oder auf der Bank herumrutschen. Sie hatten ihre besten Kleider und Hosen an und strahlten alle vor Sauberkeit.

Bobo, ein kleiner schwarzer Junge, hatte sich so hingesetzt, dass er den grünen Baum mit den bunten Kugeln und den glänzenden Lichtern genau vor sich hatte. Er war so aufgeregt, dass er gar nicht alles hörte, was der Pfarrer erzählte. Auf einem langen Tisch an der Seite sah er dicht an dicht geheimnisvolle Tüten aus buntem Papier stehen. Die sollten die Kinder zum Schluss geschenkt bekommen. Was mochte darin sein?

Vorne neben dem Baum saß der alte Kirchendiener. Zwei Eimer Wasser standen an seinem Stuhl. Bei so einem Papierbaum musste man sehr gut aufpassen, dass er kein Feuer finge. Aber weil der Mann schon alt und immer müde war, nickte er allmählich ein und der Kopf sank ihm auf die Brust.

Da kam noch eine Mutter mit ihrem Kind leise in die Kirche geschlüpft. Der Pfarrer stand gerade am Altar und sprach zu den Kindern. Damit es nicht so auffiele, dass sie zu spät kam, ließ die Frau die große Kirchentür offen stehen. Aber dadurch fuhr ein Luftzug durch die ganze Kirche und erreichte auch den Baum.

Der Pfarrer merkte nichts davon, weil er so beschäftigt damit war, den Kindern zu erzählen, was Gott, der Vater, für alle Menschen getan hatte, ganz egal, was für eine Hautfarbe sie hatten: Er hatte seinen eigenen Sohn auf die Erde zu all den Bösen und Guten und vor allem zu den Kindern geschickt!

Weil er so wunderbar erzählen konnte und Mütter und Kinder ihm zuhörten, ohne zu stören, sah keiner, wie sich eine der Kerzen, durch die Wärme schon gebogen, den grünen Papiernadeln zuneigte. Nun brauchte es nur noch ein Lüftchen und der Baum würde Feuer fangen.

Aber Bobo hatte seine Augen nicht von dem herrlich geschmückten Baum abwenden können, und als er nun bemerkte, wie die Zweige anfingen zu schwanken und sich gefährlich den Kerzen näherten, weil der Luftzug sie erfasste, schrie er vor Schreck gellend auf. Unwillig wegen der Störung sah der Pfarrer zu Bobo hin und erkannte zur gleichen Zeit die Gefahr.

Er stürzte zum Baum und griff nach den Wassereimern. Der schlafende Kirchendiener schrak mit einem Schnarcher auf und wusste im ersten Augenblick überhaupt nicht, was los sei. Am Baum waren die ersten Flammen zu sehen. Aber sie waren zu weit oben, als dass das Wasser sie hätte erreichen und löschen können.

»Schnell raus aus der Kirche!«, rief der Pfarrer, so laut er konnte, aber die Mütter, die inzwischen auch bemerkt hatten, dass der Baum brannte, standen unter Schock und schrien durcheinander. Ängstlich drängten sie sich aneinander und wussten nicht, was sie tun sollten, bis der Pfarrer ihnen zurief, ihre Kinder an die Hand zu nehmen und so schnell wie möglich die Kirche zu verlassen. Eilig packte nun jede Mutter ihr Kind und zog es mit sich hinaus ins Freie.

Der Baum brannte unterdessen lichterloh wie eine Fackel, aber so schnell er Feuer gefangen hatte, so schnell sank er auch abgebrannt in sich zusammen, ohne das trockene Holz des Kirchensaals entzündet zu haben. Es war wie ein Wunder.

So wurde der Weihnachtsgottesdienst später für die Erwachsenen zu einem Dankgottesdienst.

Und auch ohne Baum war es ein besonders schönes Christfest!

Endlich in Sicherheit

Dichter Nebel umgab die kleine Gruppe von Männern auf dem kaum erkennbaren Pfad. Sie blieben eng beieinander und wussten nicht, ob sie sich weiter vorwärtswagen oder bessere Sicht abwarten sollten. Sie waren die Vorhut eines Trupps von Böhmischen Brüdern, die um ihres Glaubens willen außer Landes hatten gehen müssen. Im Jahr 1415 war ihr Vorkämpfer Jan Hus in Konstanz auf dem Scheiterhaufen verbrannt worden, weil die Kirche mit seinen Lehren nicht einverstanden gewesen war.

Inzwischen waren beinah drei Jahrhunderte vergangen und noch immer bewahrten einige Menschen die Flamme der ihnen heiligen Glaubensüberzeugung in ihren Herzen. Vor Wochen hatten sie ihre Heimat verlassen müssen, Haus, Hof und Handwerk. Sie wussten, wenn sie über die Grenze ins Nachbarland kämen, wären sie gerettet und dürften frei ihren Glauben leben. Nun beteten sie dicht aneinandergedrängt um Gottes Führung aus dem Nebel und der Wildnis. Sie waren gewiss, dass Gott ihnen den Weg weisen würde.

Ein Stück weit hinter ihnen waren drei Frauen und ein paar kräftige Männer in einer kleinen Höhle auf dem Igelberg zurückgeblieben, wo sie vor dem schlimmsten Winterwetter geschützt waren. Die Flüchtigen hatten gehört, dass man von diesem Berg aus schon über die Grenze schauen könne – wenn die Sicht gut sei. Doch als sie alle zusammen den Berg erreicht hatten, war der Nebel so dicht gewesen, dass sie außer den Bäumen um sich herum nichts hatten erkennen können. So waren denn die drei Männer allein weitermarschiert, um die Lage erst einmal zu erkunden, bevor die anderen nachkommen sollten.

Einer dieser drei Beter blickte nun nach oben zu den Tannenwipfeln und stieß leise einen erfreuten Schrei aus – in einem Wolkenloch wurde tatsächlich die bleich verschleierte Scheibe der Sonne sichtbar! Ihr Flehen war erhört worden! Zögernd begann der Nebel sich aufzulösen. Zwar war der Himmel düster bewölkt, aber immer wieder brach die Sonne für kurze Zeit durch. Und nun konnten sie den Pfad vor sich auch wieder sehen. Voller Hoffnung schritten sie kräftig aus, einer hinter dem anderen.

Auch die Männer und Frauen in der Höhle atmeten auf, als die Sonne sich öfter zu zeigen begann. Deutlich konnten sie den ausgetretenen Pfad abwärts vor sich sehen. Da sie sich nun ausgeruht genug fühlten, beschlossen sie tapfer, nicht länger zu warten, sondern den Kundschaftern zu folgen. Eine der Frauen musste gestützt werden. Sie war im achten Monat schwanger und durfte nur vor-

sichtig gehen, damit keine vorzeitigen Wehen aus-
gelöst würden. Einige Male rutschte sie auf dem
schlüpfrigen Weg aus, wurde aber von einem der
Männer, ihrem Bruder, gut festgehalten. Ihr Mann
war bei der Verfolgung der Böhmischen Brüder
ums Leben gekommen. Tüchtig schritten die Männer und Frauen zu, um ihre Vorhut einzuholen.

Inzwischen waren die drei Kundschafter weitermarschiert, als mitten in der Einsamkeit plötzlich
ein rauer Schrei zu hören war. Ein bärtiger Mann
in Lederkleidung und mit einer Büchse bewaffnet
brach aus dem Dickicht und stellte sich den Männern drohend in den Weg. Sie blieben stehen und
rückten wieder eng zusammen. Was der Mann ihnen zurief, konnten sie nicht verstehen und plötzlich jubelte einer von ihnen: »Wir sind drüben! Wir
verstehen seine Sprache nicht. Er ist kein Böhme.
Wir haben die Grenze endlich hinter uns!« – »Das
ist wahr!«, riefen die anderen froh. Da wurde der
Mann vor ihnen aufmerksam. Offenbar hatte er
das Wort »Böhme« gehört und verstanden, dass
die Leute Flüchtlinge von drüben seien. Sofort ließ
er sein Gewehr sinken und kam näher. »Böhmen?
Vertriebene?«, fragte er in gebrochenem Tsche-
chisch.

Die Männer nickten eifrig. Einer von ihnen senkte indessen misstrauisch den Kopf. Wenn sie nun
doch einen Feind vor sich hätten, der auf Kopfgeld
aus wäre und sie verraten wollte? Er flüsterte den

anderen seine Bedenken zu und unwillkürlich falteten sie die Hände. Das war für den bewaffneten Mann eine deutliche Botschaft. Mit schrillem Pfiff rief er eine riesige Dogge zu sich her. Eindringlich erklärte er dem Hund etwas in seiner Sprache und machte eine befehlende Handbewegung. Der Hund schien verstanden zu haben und stob augenblicklich davon.

Der Mann machte den Kundschaftern durch Zeichen klar, dass sie hier warten sollten. Gehorsam setzten sich die Männer unter eine breit ausladende Tanne. Da knackte es im Gestrüpp. Sofort standen die Männer wieder auf ihren Füßen und blickten sich um. Zu ihrem Erstaunen entdeckten sie, dass die Nachhut, die sie in der Höhle zurückgelassen hatten, ihnen gefolgt war. Nun waren sie wieder alle vereint. Keiner fehlte. Die schwangere Witwe war jedoch vollkommen erschöpft von den Strapazen der Flucht und sank in den Armen ihres Bruders in sich zusammen.

Während sich die Flüchtlinge um die Schwangere bemühten, trat ein Mann, von der Dogge begleitet, zu ihnen. Er war noch jung, aber an seinem dunkelgrünen Samtrock, den engen weißen Hosen und der Haartracht konnte man eindeutig erkennen, dass er zum Adel gehörte. Dem ersten Böhmen, der sich ihm zuwandte, reichte er die gepflegte Hand mit so natürlicher Güte, dass der Mann, nachdem er sich Harz und Schmutz notdürftig an der Hose abgewischt hatte, freudig einschlug. Der Mann mit der Büchse, offenbar der Wildhüter, sprach den jungen Mann so ehrerbietig an, dass die Flüchtlinge aufhorchten. Sie hatten es allem Anschein nach mit dem Herrn der riesigen Waldungen und Güter zu tun, die sich um sie her erstreckten. Die drei Frauen traten scheu ein paar Schritte zurück, aber entgegen der Sitte hielt der Graf sich nicht von den einfachen Leuten fern. Stattdessen begrüßte er jeden Einzelnen mit warmer Herzlichkeit und drückte allen die Hand. Als die Reihe an die junge Witwe kam, hielt er ihre Hand für einen Moment länger in der seinen und sah sie nachdenklich an. »Für heute ist es zu weit bis zu meinem Haus. Ihr braucht schnellstens eine Unterkunft, und sei sie noch so notdürftig. Mein Waldhüter hier wird euch sein Häuschen zur Verfügung stellen. Es ist ganz in der Nähe.«

Sie waren erstaunt darüber, dass er ihre Muttersprache beherrschte, aber er lachte. »So nahe der Grenze ist es notwendig, auch die Sprache des Nachbarn zu lernen.« Er wandte sich an den Wildhüter und wies ihn an, die Fremden in sein Haus zu führen und selbst die Nacht im Heu zu verbringen. Der Mann verbeugte sich schweigend vor seinem Herrn und gab den Flüchtlingen ein Zeichen, ihm zu folgen.

Bald erreichten sie ein unauffälliges Steinhaus auf einer Lichtung. Der Hof war zwar klein, aber eine dunkle Holzscheune bot genügend Platz für die Männer. Die Frauen setzten sich bescheiden auf die lange Wandbank in der Küche und legten die Hände in den Schoß. Kurz darauf gesellte sich der Graf wieder zu ihnen, diesmal kam er zu Pferde. Ihm folgte ein Knecht, der ein anderes Pferd am Zaum führte, es war voll bepackt. Der Graf hatte trotz seiner Jugend umsichtig an das Notwendigste gedacht. Nun war es Zeit, von Verfolgung, Flucht und Verlusten zu erzählen. Der Graf hörte mit großem Interesse und tiefer Anteilnahme zu.

Dann wurde die werdende Mutter in das einzige Bett gelegt. Für die beiden älteren Frauen wurde Stroh auf die Dielen geschüttet und mit Tüchern bedeckt. Außerdem hatte das Lastpferd prall gefüllte Federbetten und Kissen gebracht. Die Männer suchten sich zusammen mit dem Wildhüter ihren Schlafplatz in der Scheune.

Die Frauen genossen im Haus die Wärme von Herdfeuer und Heu. Wie oft hatten sie in letzter Zeit unter Tannen nächtigen müssen, immer in Angst vor Verfolgern oder Denunzianten! Endlich konnten sie wieder einmal ruhig und bequem schlafen.

In den nächsten Tagen kümmerten sich die Frauen um die Hausarbeit, während die Männer in dem wildreichen Wald auf die Jagd gingen. Es waren Tage des Friedens und der Zuversicht.

Nun stand das Weihnachtsfest vor der Tür. Der Graf hatte versprochen, dass nach dem Fest alle fürs Erste im Schloss Unterkunft finden sollten.

Aber zunächst musste die Geburt des Kindes vorbereitet werden. Die beiden älteren Frauen, die schon öfter Hebammendienste geleistet hatten, ließen sich altes Leinen geben und ein Becken, in dem das Neugeborene gebadet werden könnte. Der Knecht des Grafen brachte alles Nötige herbei, dazu auch alles, was für die Beköstigung der Leute gebraucht wurde – Mehl, Honig und Fett. Fleisch in Hülle und Fülle lieferte ihnen der Wald.

An einem Dezembermorgen, als die Männer von ihrem Schlaflager auf dem Heuboden herabstiegen, hörten sie ungewohnte Töne aus dem Haus. Ein leises Wimmern und Schreien – das Kind war in der Nacht geboren worden. Und heute war der Heilige Abend. So hatte es sein müssen. Zwei Männer, die ihre Frauen und Kinder durch die Verfolgung verloren hatten, konnten beim Anblick des Babys die Tränen kaum zurückhalten. Aber auch dieses Kleine hatte schon im Mutterleib seinen Vater verloren.

Als der Graf später am Bett der Wöchnerin stand, die den Jungen im Arm hielt, war er ebenfalls ergriffen. »Dieses Kind erinnert uns an das, von dem es bei Jesaja heißt: ›Uns ist ein Kind geboren, ein Sohn ist uns gegeben, und die Herrschaft ruht auf seiner Schulter‹«, sagte er ehrfürchtig. Und die böhmischen Männer und Frauen dankten Gott mit gefalteten Händen für dieses erste Christfest, das sie in Frieden feiern durften.

Schuld und Vergebung

Nach langem vergeblichem Warten hielt die Frau endlich einen Brief ihres verschollenen Mannes in den Händen. Zwei Jahre lang hatte sie nichts mehr von ihm gehört. Und nun schrieb er, dass er aus russischer Kriegsgefangenschaft entlassen worden und auf dem Weg nach Hause sei. Der schöne große Hof würde wieder einen Herrn bekommen, einen fleißigen und guten Bauern.

Das war natürlich eine Freude – oder sollte es wenigstens sein. Aber er war so lang von zu Hause fort gewesen. Die Bäuerin hatte fast Mühe, sich an sein Gesicht zu erinnern. Als er nach Russland gekommen war, hatte man ihr Hilfskräfte zur Verfügung gestellt für den Hof. Denn auch der Knecht war eingezogen worden. So fleißig sich die Bäuerin auch um den Hof gekümmert hatte, allein war die Arbeit nicht zu bewältigen gewesen. Darum hatte man ihr zwei gefangene Bauern aus der Bretagne geschickt. Aus Polen waren dann noch Theresa für die Milchwirtschaft und die kleine Anna für die Arbeiten im Haus gesandt worden.

Die Bäuerin war jung, ansehnlich und tüchtig und sie sehnte sich nach Wärme und Nähe. Gérard, der junge Bretone, war kräftig und hübsch anzusehen, hilfsbereit, arbeitsam und immer freundlich.

Immer wieder dachte die Frau an ihren Mann, der womöglich an der Front war, gerade in der Schlacht kämpfte. Aber er war weit weg, der junge Franzose war nah und die Versuchung war zu groß. Lang kämpfte sie dagegen an, aber am Ende ließ sie sich doch auf eine heimliche Liebschaft ein. Entsetzen, Angst und schreckliche Schuldgefühle folgten unausweichlich. Sie wusste nicht, ob ihr Mann überhaupt noch lebte, aber sie wusste, dass sie großes Unrecht getan hatte.

Ihre Not wurde noch größer, als sie merkte, dass sie schwanger geworden war. Vor aller Welt musste sie ihren Zustand verbergen. Gérard und sein Landsmann waren in ihre Heimat zurückgeschickt worden. Als die Zeit der Niederkunft nahte, hatte die Bäuerin nur Theresa, die ihr in diesen bangen Stunden beistand. Und die Polin, die ihr sehr zugetan war, wurde wenig später in ein Rüstungswerk versetzt. Es war nun keiner mehr da, der von dem unehelichen Kind wusste. Anna, die kleine Magd, war zu jung und unerfahren, um zu begreifen, was da vor sich gegangen war.

Was sollte die Frau nun mit diesem Kind einer kurzen und unerlaubten Leidenschaft tun? Es durfte auf keinen Fall Nachbarn aus dem Dorf, Verwandten oder sonst jemand unter die Augen kommen. In der Scheune gab es eine kleine Futterkammer. Dort bettete sie den Jungen in einen geflochtenen Wäschekorb. So könnte niemand sein

Weinen und Schreien hören. Der Hof lag einsam in den Hügeln. Es war nicht so, dass die Frau dem Kleinen ihre reichlich fließende Milch verwehrte, gewiss nicht. Aber für sie war es bitter, das ungeliebte Kind zu stillen.

Die neu zugeteilten Hilfskräfte für den Hof gewöhnten sich daran, die Bäuerin des Öfteren in die Scheune gehen zu sehen. Sie blieb meist nur kurze Zeit dort und verrichtete ihre Arbeit danach wie immer.

Nicht die ungewohnte Verantwortung für den Hof oder die harte Arbeit, sondern das Bewusstsein ihrer Schuld war es, das die Frau schweigsam und immer unzugänglicher machte. Man begann, ihr aus dem Wege zu gehen. Jeder tat seine Arbeit gut oder weniger gut. Aber es fehlte die Freude daran.

Die Frau plagte sich mit dem unerwünschten Kind in der Scheune ab. Sie wollte ihm nicht das Leben verwehren, denn sie fürchtete den allwissenden und zürnenden Gott, von dem sie in ihrem Elternhaus gehört hatte. Doch sie konnte sich auch nicht darüber freuen, dass ihr Sohn größer wurde. Im Gegenteil, das deutliche Menschwerden des Kindes ängstigte die Mutter mehr und mehr. Es wurde zur mühevollen Last, das Kind sauber zu halten und zu füttern. Sie konnte und wollte nicht mit dem Kind spielen, reden, ihm Lieder vorsingen. Der Sohn wurde ihr zum Feind, der sie an ihre Sünde mahnte, und Liebe und Zuwendung hatten da keinen Raum.

Und jetzt sollte ihr Mann nach Hause kommen! Für die Frau war er wie ein verloren geglaubter Geist, fremd geworden, ein strafender Rächer. Der Herbst war bereits mit Kälte und Schnee in den Winter übergegangen. Der Frau wurde mit Schrecken bewusst, dass das Weihnachtsfest bevorstand. Wie hätte sie jetzt an das Kind in der Krippe denken können! Das Kind, das so armselig zur Welt gekommen war wie ihr eigener Sohn, war mit gläubigem Herzen und hingebungsvoller Liebe erwartet und entgegengenommen worden. Eine Welt lag dem Kind von damals jetzt zu Füßen. Und wie sah es mit ihrem Kind aus?

Und plötzlich stand ihr Mann unverhofft in der offenen Tür! Ein Fremder, ein Bettler war er, zerlumpt und verhungert. Oh mein Gott! Mit hilflos hängenden Armen stand die Frau vor ihm und sah den Mann an, den sie so lange vermisst und erwartet und schließlich nur noch gefürchtet hatte. Schnee stob durch die immer noch geöffnete Tür. Jäh besann sich die Frau und zog den Frierenden in die Diele, schloss die Tür und blickte ängstlich in das schmal gewordene Gesicht.

Es war ein anderes Wiedersehen, als sie es sich vorgestellt hatte. Ihr Mann war nicht mehr der kraftvolle Bauer von früher, sondern ein hilfloser Mensch, der Zuwendung, Wärme und Liebe brauchte. All das müsste ihr geschenkt werden. Denn an ihr lag es, diesen in tiefster Seele erfrorenen Menschen zu erwecken und ihn wieder zu ihrem vertrauten Mann zu machen. Wie sollte es gelingen?

Fremd wanderte er durch das Haus, fremd saß er bei ihr am Tisch und fremd lag er neben ihr im Bett. Schließlich begann er sich erst wenig, dann immer mehr für den Hof zu interessieren. Die Frau fand ihn im warmen Stall zwischen dem friedfertigen Vieh. Der Hund hatte ihn erkannt und war freudig bellend an ihm hochgesprungen.

Und dann führte ihn seine Wanderung in die Futterscheune. Der Frau stockte das Herz ... Nun würde all das geschehen, was sie so lang gefürchtet hatte. Ein wimmerndes Greinen war aus der Kammer zu hören und der Mann hob lauschend den Kopf. War dort ein Mensch in Not? Die Frau stand hinter ihm, die Hände vor der Brust verkrampft. Sie wagte kaum zu atmen. Aber der Mann ging dem fremden Laut nach und öffnete die Tür zu der unseligen Kammer. Große tiefblaue Augen starrten aus einem blassen, ungewaschenen Gesicht auf den Fremden. Dünne Ärmchen reckten sich nach oben. Der Bauer stand wie versteinert vor dem Kind in dem Korb, einem kleinen Kind, das ebenso verloren zu sein schien wie er selbst. Langsam wandte er sich um zu seiner Frau und trat einen Schritt auf sie zu. Sie rührte sich nicht, sondern erwartete nur mit weit aufgerissenen Augen sein furchtbares Gericht.

Da begriff der Mann mit einem Schlag, was geschehen war. Nicht er allein war aus dem Leben gerissen worden. Nicht nur er war vereinsamt und entwurzelt und auf Hilfe angewiesen, um ins Leben zurückzufinden. Auch die Frau, die er geliebt hatte, hatte tief gelitten und war an ihrer Not und ihrer Schuld im Innersten zerbrochen.

Wortlos wandte er sich wieder dem Korb zu und nahm das Kind behutsam heraus. Wie alt mochte der Knabe sein? Er war kalt und mager und trug nur ein unzulängliches Hemdchen am dürren Leib. Seine dünnen Arme und Beine hingen hilflos herab.

Es war Weihnachten! Es war Heiliger Abend! Kein geschmückter Baum stand in der Stube. Nur eine weiße Kerze brannte in einem hölzernen Leuchter auf dem Tisch. Das Kind saß auf dem Schoß des Mannes, in seinen Armen geborgen. Der Bauer sprach noch immer kein Wort, weder im Guten noch im Bösen.

Er sprach nicht, aber er blickte seine bebende Frau mit Augen an, die sich langsam mit Leben füllten. Und es war noch mehr darin zu lesen: Verständnis und auch Erbarmen, ja vielleicht sogar – Liebe.

Unter seinem Blick fühlte die Frau, dass nicht alles aus war. Schluchzend sank sie auf die Knie und faltete die Hände. Wo Verständnis war, könnte vielleicht auch Vergebung sein für alles, was sie ihrem Mann und ihrem Sohn angetan hatte. Es wurde Weihnachten. Christ, der Retter, war da!

Die Beterin auf der Insel

Die kleine Insel lag vor dem norwegischen Festland mit seinen zahlreichen Fjorden und gehörte den Fischern. Schon als Kinder wurden sie von ihren Vätern mit hinausgenommen und lernten so ihr Handwerk. Etwas anderes als den Fischfang – mit glücklichem Ausgang oder mit leeren Netzen auf der Heimfahrt – kannten sie nicht. Die Insel war zu klein für die Landwirtschaft, der Boden war höchstens für ein wenig Schafzucht geeignet. Es gab eine alte Kirche, die aus Bruchsteinen erbaut war. Man hatte sie aus den Felsen der Insel gehauen. Als sich Norwegen zum Christentum bekehrt und dem Glauben an Thor und Odin abgesagt hatte, waren Missionare auch auf die Insel gekommen und hatten ihr Amt an bewährte Nachfolger weitergegeben. Doch später konnten keine Pfarrer mehr für die Insel gewonnen werden, weil sie zu klein und zu arm war, und die Fischer und ihre Frauen fanden immer seltener den Weg zur Kirche.

Inzwischen vermissten die Fischer das Wort Gottes kaum mehr. Nur eine Witwe gab es auf der Insel, die treu an ihrem Glauben festhielt. Sie hatte ihren Mann früh verloren; er war eines Tages auf See geblieben, ein Schicksal, das auf der Insel oft vorkam. Damals hatte sie mit Gott gehadert, aber sie hatte ihren Glauben nie verloren.

Eines Tages hörte sie deutlich, wie Gott ihr befahl: »Bete ohne Unterlass für die jungen Menschen auf deiner Insel.« Und so betete sie. Die Fischer waren ungläubige, rüde und oberflächliche Männer. Sie warteten nur auf den Sonntag, um an Land zu fahren und sich in der einzigen Nacht, in der nicht gearbeitet wurde, in den Städten wild und leichtsinnig zu vergnügen.

Inzwischen war die Witwe alt geworden und bemerkte mit großem Kummer, wie die Menschen auf ihrer Insel innerlich immer mehr verödeten. Die jungen Leute, die vielleicht noch formbar gewesen wären, lebten nur für die Arbeit und das Geld. Andere wanderten auf das Festland ab, um dort eine bessere Arbeit zu finden. Immer wieder versuchte die Alte, mit den Menschen ins Gespräch zu kommen, doch sie wurde gutmütig ausgelacht und nicht weiter beachtet.

»Herr, du siehst, wie es hier zugeht«, klagte sie Gott ihr Leid. »Ich bin so allein mit meinem Glauben. Habe ich womöglich unrecht damit, die Jugend für dich gewinnen zu wollen? Du siehst, wie verstockt die Menschen sind. Sie wollen sich nichts sagen lassen und rufen schon von weitem: ›Bleib uns weg mit der Bibel und deinen heiligen Gesprächen!‹ Sie wissen ja nicht, was das Heil für sie bedeuten würde!«

Aber Gott gab ihr keinen anderen Auftrag als den, weiterhin treu zu beten, auch wenn kein Erfolg zu sehen wäre. Und so betete sie weiter, zehn Jahre und länger, und bat für einen Aufbruch des Glaubens auf der Insel.

Endlich wurde es Weihnachten. Wenigstens dieses Fest wurde auf der Insel gefeiert, denn man brauchte einige Tage nicht zu arbeiten. Aber die Kirche und Gott spielten für die Menschen keine Rolle mehr. Die Winterstürme und der Schnee machten Ausflüge an Land unmöglich. Da kam einer der jungen Fischer auf die Idee, das alte Julfest wiederzubeleben. Im tiefsten Innern spürte jeder die Leere, und die Sehnsucht war groß, sie irgendwie zu füllen. So besannen sie sich auf die alten Sagengötter. Als die alte Frau davon hörte, erschrak sie und betete noch mehr.

Am Weihnachtsabend entzündeten die jungen Leute ein gewaltiges Feuer aus Treibholz vor der kleinen, halb verfallenen Kirche. Sie erinnerten sich an den Brauch, paarweise durch das Feuer zu springen, und schnell fanden sich Mutige, die es versuchen wollten. Das erste Paar waren der riesige blonde Anführer und sein Mädchen und ihnen gelang der Sprung. Paar für Paar stellte sich nun vor dem Feuer auf und sprang. Aber nicht alle hatten Glück. Eine junge Frau war klein und zart und ängstlich und machte nur mit, weil sie nicht als feige gelten wollte. Sie sprang zu kurz, ließ die Hand ihres Partners in panischer Angst los und stürzte in die Flammen. Sofort waren die erschrockenen Kameraden zur Stelle, um sie aus dem Feuer zu ziehen. Ihr Partner hatte seinen Sprung nicht bremsen können und sicher die andere Seite erreicht.

Jetzt war den jungen Leuten die Freude an dem heidnischen Treiben vergangen. Schnell gossen sie Wasser in die Glut und wälzten das Mädchen im Schnee. Nicht nur seine Kleider waren versengt, es hatte auch einige größere Brandwunden davongetragen.

Eilig zogen einige Männer ihre Jacken aus, legten die stöhnende Verletzte darauf und deckten sie zu. Doch wohin sollten sie sie in dieser eisigen Winternacht bringen? Das Dorf lag unten am Meer. So blieb nur die Kirche. Der Anführer warf sich gegen die Tür, die er für verschlossen hielt, und stürzte beinah auf die Pflastersteine im Inneren, als sie unvermutet nachgab.

Auf der ersten Bank in der kleinen Kirche saß die treue Witwe, die Hände im Gebet gefaltet, so wie Gott es ihr geboten hatte. Nun trugen die jungen Männer das besinnungslose Mädchen in die Kirche und legten es auf eine Bank. Mit dem Wasser waren sie vertraut, aber wie mit Verbrennungen umzugehen sei, wussten sie nicht. Was sollten sie jetzt weiter mit der Verletzten anfangen? Wie ihr helfen?

Da merkte die alte Frau, dass ihre Stunde gekommen war. Sie ging zu den jungen Leuten hinüber und gab ihnen ruhig und bestimmt Anweisungen, was sie tun sollten. Die Verletzte wurde auf einer improvisierten Trage ins Dorf hinuntergebracht. Weil die junge Frau keine Angehörigen mehr hatte, nahm die alte Witwe sie bei sich auf.

Nun war es Zeit für das Wirken des Heiligen Geistes. Die jungen Männer und Frauen kamen ins Haus der alten Frau, um die Verletzte zu besuchen. Das Mädchen wurde wieder gesund. Zwar behielt es einige Narben, aber das zarte, schöne Gesicht war unversehrt. Ständig war das Haus der Witwe voll und die Menschen kamen und fragten nach ihrem Glauben. Endlich fand die treue Beterin einen Zugang zu den Herzen, die so lang verstockt gewesen waren. Das Fest der Geburt des Erlösers konnte nun wahrhaftig gefeiert werden. In den sturmdurchtosten Nächten, in denen kein Ausfahren möglich war, sammelten sich die Gläubigen im Haus der Witwe und ihre Zahl wuchs.

Nach all den Jahren des Bittens durfte die Beterin jetzt danken – danken ohne Unterlass!

Brot

Die Plakate waren überall – an allen Litfasssäulen, Bäumen, Mauern klebten sie. Sie zeigten ein hassverzerrtes Gesicht unter einer Pelzmütze mit herunterhängenden Ohrenklappen, ein aufgerichtetes Seitengewehr, eine geballte Faust. Im Hintergrund war Feuer zu sehen. Häuser standen in Flammen, Menschen rannten umher. »Entweder Sieg oder bolschewistisches Chaos!«, stand drohend auf den Plakaten. Die Botschaft war klar, die vermittelt wurde: »Die Russen sind grausame Feinde, wir müssen sie besiegen.«

Dorothee war zwölf Jahre alt und die Plakate machten ihr Angst.

Dorothees Mutter stand in der Küchentür. Sie hatte die Milchkanne in der Hand und die Karte mit den Lebensmittelmarken. »Uns stehen noch zwei Liter Magermilch zu. Und du bekommst heute einen halben Liter Sonderzuteilung. Aber zieh dich warm an. Es ist bitterkalt, mehr als 20 Grad minus! Nimm die dicken Handschuhe; hier, zieh sie gleich an.«

Dorothee hatte keine Lust, in die klirrende Kälte hinauszugehen. Aber wenn die Mutter es von ihr verlangte, gab es kein Sträuben. Es hätte nichts genützt.

Mit gesenktem Kopf, die dicke Pudelmütze bis über Nase und Ohren gezogen, machte sich das Mädchen auf den Weg. Der Schnee, der von der Fahrstraße auf den Gehsteig geschaufelt worden war, bildete eine frostweiße Mauer längs des engen Weges.

Während Dorothee verdrossen die Straße entlangmarschierte, dachte sie daran, dass Weihnachten vor der Tür stand. Sie wünschte sich so sehr ein bestimmtes Buch, aber sie wusste nicht, ob man es überhaupt noch bekommen könnte, jetzt im dritten Kriegsjahr. Sie achtete auf ihre Füße, um nicht auszugleiten, als sie ein Zupfen an den langen Stulpen ihrer Handschuhe spürte.

Aufgeschreckt blieb Dorothee stehen, jäh aus ihren Gedanken gerissen, und blickte sich um. Ein tiefer Graben verlief hart neben dem Gehsteig parallel zur Fahrstraße. Dem Mädchen stockte der Atem. In dem Graben saßen Männer, fremdartige Männer in schmutzigen braunen Uniformen, sie trugen Pelzmützen mit herunterhängenden Ohrenklappen ... Nur ihre Köpfe ragten aus dem Graben. Ein Gesicht mit verwuchertem Bart war Dorothee zugewandt und eine Hand klammerte sich immer noch an ihre Handschuhstulpen. »Brrott! Brrott!«, bettelte eine tiefe Stimme.

Dorothee war starr vor Schreck. Dies war ein Russe – lebendig, nicht nur auf einem Plakat, nein, ganz wirklich und nah. Ein Russe mit einem Gewehr! Nein, ein Gewehr hatte er nicht, nur eine Schaufel, eine Spitzhacke. Auf der anderen Seite des Grabens ging ein deutscher Wachmann auf und ab. Er hatte als Einziger ein Gewehr über der Schulter!

»Brrott!«, bettelte der Mann wieder. Er litt an Hunger und Kälte, an der sinnlosen Arbeit im gefrorenen Boden, aber Dorothee hatte kein Auge für diese Nöte. Der furchtbare Feind – das war das Einzige, was das Mädchen erfasste. In panischer Angst riss es sich von der klammernden Hand los und rannte stolpernd und rutschend mit wild klopfendem Herzen davon, bis es das kleine Milchgeschäft erreicht hatte.

Auf anderem Weg kehrte Dorothee schließlich nach Hause zurück, gab der Mutter schweigend die Milchkanne und zog sich Mantel und Mütze aus. Die Mutter bemerkte das Zittern, die unnatürliche Blässe und fragte, was unterwegs geschehen sei. Sie zog die Tochter neben sich auf das Sofa im warmen, vorweihnachtlich geschmückten Zimmer und ließ sich das Erlebnis schildern.

Dorothee berichtete, erst stockend, dann überhastet. Echte Russen hatte sie gesehen, ganz nahe! Während sie versuchte, der Mutter das Schreckliche zu erklären, dass so ein Feind sie festgehalten habe, ging ihr plötzlich auf: Dieser Feind hatte sie, das Kind, um Brot gebeten. Und sie hatte nicht auf den Notschrei gehört, sondern sich losgerissen vor lauter Angst. Dorothees Stimme wurde immer leiser, als sie ihr feiges Verhalten erkannte.

»Ich hatte ja kein Brot«, stammelte sie schließlich lahm. Aber die Mutter blickte sie ernst und traurig an. »Was du einem dieser Armen nicht getan hast, das hast du mir nicht getan!« Sie brauchte nicht weiterzureden. Dorothee hatte sie verstanden, nur zu gut.

Woran hatte sie gedacht? An Weihnachten, an Geschenke – und dicht neben ihr hatte ein Mensch Hunger, Kälte, Gefangenschaft gelitten. Wohin könnte sie sich flüchten? Die Mutter nahm die kleinen Hände in ihre großen und betete leise über dem gesenkten Kopf des Kindes: »Und vergib uns unsere Schuld, wie auch wir vergeben unsern Schuldigern.«

Ohne auf die Kälte oder den glatten Weg zu achten, rannte Dorothee zurück. Ihre Manteltaschen waren ausgebeult von einem Kanten Brot, einem Apfel und einem der wenigen, abgezählten Lebkuchen.

Als sie atemlos den Graben erreichte, fand sie ihn leer. Die Männer waren verschwunden.

Dorothee blieb lange vor dem Graben stehen, wo sie der Mann vergeblich um Hilfe gebeten hatte. In einer Woche war Weihnachten. Und jetzt war nichts wiedergutzumachen! Aber das Kind in der Krippe war erschienen, um ihre Schuld zu tragen, so hatte es die Mutter gesagt.

Das also war Weihnachten – nicht das ersehnte Buch, sondern nur das Kind zählte, der Gottessohn in der Krippe. Er war gekommen, um alle Schuld auf sich zu nehmen, auch die eines kleinen Mädchens.

Spanische Weihnacht

Annegret war zu Fuß den weiten Weg zu meiner Finca gelaufen. Das hatte etwas zu bedeuten. Man musste aus der spanischen Siedlung Mimosa ein ganzes Stück gehen, bis man zur Brücke kam, die die Hauptstraße von Lorca überquerte. Dann folgte man der ausgetrockneten Rambla, die einmal ein breiter, reißender Bach gewesen war, bis der Weg rechts nach oben zu meiner Finca abbog, dem kleinen Bauernhof, den ich mir hatte ausbauen lassen.

Annegret war eine junge Frau, ein Findelkind, sie hatte keine Angehörigen. Wir hatten uns in Mimosa kennengelernt, wo sie für einen reichen Fincabesitzer das Haus gehütet und den Schriftverkehr geregelt hatte. Sie war immer wachsam gewesen, dass er ihr nicht zu nahe käme, aber eines Nachts hatte er die Situation ausgenutzt und sie vergewaltigt. Dabei war sie schwanger geworden. Annegret war außer sich gewesen. Nur mit Mühe hatte ich verhindern können, dass sie das Kind abtreiben ließ.

Bei einer anderen spanischen Familie in Mimosa hatte sie ein kleines Zimmer mieten können. Mir hatte sie sich eng angeschlossen. Es war nicht immer leicht mit ihr, aber ich sah es als meine Aufgabe an, mich um sie zu kümmern.

Mein Nachbar, der alte Pablo, der einen herrlich unordentlichen Tante-Emma-Laden führte, war zufällig bei mir, als Annegret hochrot und mit dickem Bauch meinen Hügel heraufgekeucht kam. »Er ist wieder da!«, schrie sie schon von unten herauf und sprach natürlich von dem Mann, der ihr Gewalt angetan hatte. Pablo, der ihre Geschichte kannte, kratzte sich am Kopf und dachte nach. Das Ergebnis seiner Überlegungen war, dass Annegret bei ihm als Haushälterin arbeiten könnte, dann wäre sie ganz fort aus Mimosa. Annegret gefiel der Gedanke. Sie scheute keine Arbeit und mochte den alten Pablo. Diese Sache war also geklärt.

Es sollte ein Tag der Überraschungen werden. Mein junger Gärtner Christobal erschien auf seinem knatternden Motorrad und brachte Neuigkeiten. Sein Vater hatte ihm seine große Finca vererbt. Aber er wollte keine Orangenfarm. Er wünschte sich eine eigene Gärtnerei. Er fragte mich, ob ich das Land hinter dem Brunnenhaus selbst bearbeiten wolle oder ob er es zur Aufzucht von tropischen Bäumen pachten dürfe.

Annegret hatte sich inzwischen in meiner Küche verkrochen. Sie wollte Christobal nicht begegnen.

Der junge Mann hatte noch ein anderes Anliegen, für das er meine Hilfe brauchte. Er hatte sich in Annegret verliebt, obwohl sie etwas älter war als er. Ich hatte den Eindruck, dass Annegret seine Neigung erwiderte, aber sie hatte seine Werbung abgelehnt. Der Grund dafür war das Kind. Annegret vermochte sich nicht vorzustellen, dass ein anderer Mann sie mit der Frucht der Vergewaltigung lieben könnte.

Die Zeit verging und nun war das Weihnachtsfest erschreckend nahe gerückt. Man merkte es kaum. Bäume und Blumen blühten. Es war warm. Es gab viel Sonne und keinen Schnee! Aber das Christfest sozusagen aus klimatischen Gründen einfach zu ignorieren kam für mich nicht in Frage. Christus war für alle die Mühseligen und Beladenen auf die Welt gekommen, unabhängig vom Wetter. Ich versuchte, Annegret das klarzumachen, aber sie sagte, sie könne »mit solchen Dingen« nichts anfangen. Trotzdem wollte ich dafür sorgen, dass sie ein echtes Christfest erlebte.

Pablo war schon eingeladen. Annegret, das verstand sich von selbst, war ebenfalls mein Gast, weil sie bei Pablo arbeitete. Warum sollte ich nicht auch Christobal mit seiner Mutter einladen? Ich hoffte, Christobal würde einen guten Einfluss auf Annegret ausüben. Er war nicht nur nach Christophorus benannt, er trug Jesus wirklich – zwar nicht auf der Schulter, aber im Herzen.

Weihnachten in einem warmen Land! Es gab keine Tannen, nur Kiefern. Ich war kein Held, wenn es darum ging, Weihnachtsgebäck zu backen. Aber etwas Schönes hatte ich doch: eine holzgeschnitzte Krippe. In Spanien ist bei einem Fest das Essen das Wichtigste – und das Zweitwichtigste auch! Eine richtige Weihnachtsstimmung wollte indessen bei mir in diesen Tagen nicht aufkommen, die Sonne meinte es zu gut dafür.

Zwei Wochen vorher hatte ich Annegret in meinem alten Landrover über Stock und Stein nach Lorca ins Krankenhaus bringen müssen. Ihr Baby kam einen Monat zu früh. Eigentlich hätte das ein schönes Weihnachtsgeschenk sein können, aber Annegret konnte nur mit Hass an den Vater des Kindes denken. Pablo und ich litten mit dem kleinen Sohn, der diesen Hass doch sicher spürte. Wir gaben uns alle Mühe, Annegret zu ermutigen, dem Kind Liebe entgegenzubringen.

Jetzt waren es nur noch drei Tage bis zum Fest und ich sollte Annegret aus Lorca abholen. Ich wusste nicht, woher ich die Zeit dazu nehmen sollte. Da wurde Christobal zum Retter in der Not. Geradezu begeistert warf er sich in meinen Rover und kam später mit einer strahlenden Annegret zurück. Nanu, konnte sie mit einem Mal wieder lachen? Ihr kleiner Junge war ein ausgesucht hübsches Baby, eben ein richtiger Spanier. Unterwegs hatte Christobal die Gelegenheit genutzt, um ernsthaft mit Annegret zu reden. Er hatte ihr gesagt, dass ihm das Kind nicht zuwider sei. Im Gegenteil, er freute sich darüber! Er wollte sie nach wie vor gern heiraten und eigene Kinder mit ihr bekommen. Wir konnten alle sehen, wie glücklich die beiden waren.

Nun hatten wir alles, was wir zu einem richtigen Christfest brauchten: einen riesigen Kiefernstrauß, darunter die Krippe und ein lebendes »Christkind« in einem enormen Kinderwagen, den Pablo besorgt hatte.

Es gab in unserem Städtchen eine kleine evangelische Gemeinde, zu der auch Christobal und ich gehörten. Annegret hatten wir nie überreden können, uns zum Gottesdienst zu begleiten. Aber in diesem Jahr konnte sie sich nicht weigern, schon Christobal zuliebe nicht, mit dem sie nun verlobt war.

Ich musste notgedrungen zu Hause bleiben, aber Pablo, in seinem besten schwarzen Anzug, und Christobals Mutter fuhren mit der zukünftigen kleinen Familie zur Kirche. Später kam Annegret zu mir in die Küche und erzählte mir von dem Gottesdienst. Sie sprudelte förmlich über. Das hier war weit von dem entfernt, was sie im Waisenhaus als christlichen Glauben kennengelernt hatte. Dort hatte trockene, bigotte, tugendsame, aber hartherzige Frömmigkeit geherrscht. Hier in der Gemeinde hatte sie einen Eindruck gewonnen von der tiefen Freude der Gläubigen und die ernsten, lebensnahen Worte des Predigers, mit warmem Herzen weitergegeben, hatten sie erreicht.

So saßen wir fröhlich schwatzend bei mir zusammen und feierten unser Weihnachtsfest. Ich las die Weihnachtsgeschichte vor und sang zusammen mit Annegret ein paar deutsche Weihnachtslieder. Christobal erfreute uns mit einem altspanischen Lied.

Annegret strahlte vor Glück. Die winzige Hauptperson schlief friedlich in ihrem mit Spitzen geschmückten Kinderwagen. Pablo verhielt sich ganz wie ein Großvater und war besorgt, dass der Kleine nur ja genug zu essen bekäme. Er hätte ihn am liebsten mit Lebkuchen und Putenbraten gefüttert!

Einen ganz besonderen Eindruck machte Christobals feine, stolz-zurückhaltende Mutter auf mich. Wir saßen uns direkt gegenüber. Das Wertvollste in meinen Augen war ihre Zuneigung zu der Frau, die ihr Sohn erwählt hatte. Das Baby hatte sie ohne Bedenken in ihr Herz geschlossen.

So wurde das Weihnachtsfest im fremden Süden zu einem Fest der warmen, gläubigen und fröhlichen Herzen.

Weihnachten im Zuchthaus

In einer kleinen Stadt nicht weit von Dresden gab
es nach dem letzten Krieg ein berüchtigtes Zuchthaus, das man »das gelbe Elend« nannte. Unter den
Gefangenen dort war auch eine ältere Diakonisse,
Schwester Grete. Sie war ehemals Leiterin des Aus-
sätzigenasyls in Jerusalem gewesen, nun fand sie
sich eingekerkert, und zwar allein wegen verdäch-
tiger Beziehungen – sie hatte eine englische Stief-
mutter und pflegte Korrespondenz mit dem Aus-
land –, ohne auch nur das Geringste verbrochen zu
haben.

Die große Gemeinschaftszelle war gefüllt mit
den unterschiedlichsten Frauen, einige davon
schuldig, andere so wenig schuldig wie Schwester
Grete. Eine Apothekerin, die etwas Unvorsichtiges
gesagt haben mochte – schon Kleinigkeiten genüg-
ten, um verurteilt zu werden –, schloss sich
Schwester Grete an. Sie selbst war keine Christin,
doch wie viele der Frauen fühlte sie sich von der
Geduld, Freundlichkeit und Hilfsbereitschaft der
Diakonisse stark angezogen.

Der Winter 1947 war ungewöhnlich kalt, mit hohen Frostgraden. Aber auch in diesem strengen
Winter wurde es Weihnachten. Schwester Grete
begann, mit einigen Frauen Weihnachtslieder zu

singen und ihnen vom Retter der Welt zu erzählen. Die meisten Mitgefangenen hatten nur dunkle Vorstellungen vom Sinn des Weihnachtsfestes. Sie besannen sich zwar alle auf den Weihnachtsbaum, die Gans und die Geschenke. Davon wurde viel gesprochen, und sehnsüchtig erinnerte man sich an die Friedensjahre vor dem Krieg. Das Lied »Hohe Nacht der klaren Sterne«, das in der unseligen Zeit auch zu Weihnachten gesungen worden war, kannten fast alle.

Aber was Schwester Grete ihnen nun beizubringen versuchte – »Vom Himmel hoch«, »Stille Nacht«, »Mit Ernst, oh Menschenkinder«, »Oh Heiland, reiß die Himmel auf«, war vielen fremd. In Deutschlands dunklen Jahren hatte man allgemein kein Interesse an derlei Dingen gehabt. Doch eine nach der anderen begannen sie zu lernen und mitzusingen. Es wurde ein richtiger kleiner Chor.

Und unvermeidlich drang der Gesang auch nach draußen. In den Nachbarzellen standen die Gefangenen dicht an den Türen. Hier und da wurde Murren laut, aber auch Tränen rannen. Und auch von den Wärterinnen lauschten einige, wenn sie sich unbeobachtet fühlten. Doch gab es eine unter ihnen, die sich so etwas nicht anhören wollte und schließlich die gesamte Zelle beim Leiter der Anstalt denunzierte.

Umgehend wurde von oben eingegriffen. Alle Frauen aus der Zelle wurden in einen besonderen

Raum im Keller gesperrt. Plötzlich spürten sie eiskaltes Wasser an den Füßen und schrien auf vor Schreck. Und das Wasser stieg. Bis an die Knie, bis zu den Hüften, und schließlich standen die Kleineren bis zur Brust im Wasser.

Da machte sich Zorn unter den Frauen breit und sie fingen an, sich bei Schwester Grete zu beklagen: »Wo ist nun dein Weihnachten? Ich stelle mir das anders vor!« – »Du Superkluge, jetzt hilf uns mit deinen frommen Sprüchen hier raus. Wir holen uns alle den Tod. Und daran bist du schuld mit deinem Singen und Predigen.«

Die Diakonisse, die zunächst selbst ganz verzweifelt war, blieb erst stumm und betete still um die Hilfe des Heiligen Geistes. Jetzt war sie ernstlich gefordert.

Dann begann sie, langsam und deutlich davon zu erzählen, wie Jesus Christus an Weihnachten auf die Welt gekommen und wie er an Karfreitag am Kreuz gestorben war. Sie versuchte zu erklären, warum und für wen der Sohn Gottes gekommen war. Noch murrten einige Meuterer, aber die anderen, die mehr von Schwester Grete hören wollten, brachten sie bald zum Verstummen. Schwester Grete machte den Frauen klar, dass die ganze Menschheit das Los der Sündhaftigkeit trug. Keiner hatte die Macht, diesem Schicksal zu entkommen. Mit einer Ausnahme: Jesus Christus, der Erlöser der Welt. Wer ihn annahm und an seine

Rettungstat glaubte, konnte gern in einer warmen Stube mit Lichterbaum das Weihnachtsfest feiern. Aber wer ihn auch in einem Meer von eisigem Wasser und trotz aller Schikanen, Einsamkeit und Verzweiflung annahm, für den besonders war der Heiland geboren. »Niemand, hört genau zu, niemand kann uns ihn nehmen! Im Gegenteil, gerade für die Elenden, Verfolgten, Kranken und Sterbenden ist Christus geboren. Gerade für uns hier!«

Es war seltsam. Mit einem Mal spürte keine mehr die Kälte. Und keinen Ton hörte man mehr außer dem eindringlichen, nicht einmal laut gesprochenen Evangelium, von einer Gefangenen verkündigt. Die Spottlustigen, die Verneiner und die Erzürnten standen neben den Gläubigen und hingen unverwandt an den Lippen der Sprecherin.

Und draußen stand dicht an der Tür die Denunziantin und lauschte ebenso selbstvergessen. War dieser Jesus auch für grausame und böse Menschen, die voller Hass und Verachtung waren, gekommen und gestorben? Sie konnte es nicht glauben. Da hörte sie, wie Schwester Grete die Worte weitergab, die der sterbende Jesus am Kreuz dem Mörder an seiner Seite gesagt hatte. Der Mann hatte Jesus geglaubt und war vor Scham über sein verlorenes Leben demütig geworden und Jesus hatte ihm verheißen: »Heute wirst du mit mir im Paradies sein!«

Die Lauscherin, die vorgehabt hatte, beim kleinsten Tumult zum Leiter der Anstalt zu laufen,

hörte keinen Laut außer der Stimme von Schwester Grete.

Ja, sie lief zum Leiter – aber nun bat sie um Erbarmen für die Menschen, die schon zwei Stunden
in dem eisigen Wasser aushielten – und nicht klag-
ten. Sie kannte sich selbst nicht mehr.

Das Wasser wurde abgelassen. Auf dem Weg
zurück in ihre Zelle wurden die Gefangenen von
den Wärtern mehr getragen als geführt.

Einmal mehr hatte die Weihnachtsbotschaft
Herzen berührt und verwandelt.

Wohl zu der halben Nacht

Ein angstvolles Raunen lief durch das Tal der Waldenser. Es war mitten im Winter und der Bischof von Embrun hatte plötzlich verfügt, dass sie ihre Heimat umgehend zu verlassen hätten. Lange Jahre hatten die Bauern in der ruhigen und ablegenen Berggegend ihren Glauben ungestört leben können. Doch nun war dem Bischof zugetragen worden, dass sie nach wie vor nicht bereit seien, sich von den Mönchen zum katholischen Glauben bekehren zu lassen. Ihre verbotene Felsenkirche an einem geheimen Platz hoch oben in den Bergen war entdeckt worden, und nicht einer der Gläubigen, die in der Kirche gewesen waren, war mit dem Leben davongekommen.

So hatte Marie-Anne ihren Mann und drei Kinder verloren. Das einzige Vermächtnis, das ihr von ihrem Mann blieb, war das Kind, das sie in ihrem Leib trug. Und nun musste sie sich so kurz vor der Geburt auf den beschwerlichen Weg über den Gebirgspass ins Tal von Freissinières machen.

Ein halbwüchsiger Junge, Grégoire, dem niemand so recht traute und den einige in Verdacht hatten, ein Spitzel des Bischofs zu sein, stand Marie-Anne zur Seite. Aus Mitleid hatte sie ihn bei sich aufgenommen und dafür verehrte er sie mit ganzer Hingabe. Eines Nachts hatte er ihr gebeichtet, dass er tatsächlich dem Bischof gedient hatte. Aber inzwischen hatte er erkannt, wie unrecht das von ihm gewesen war.

Als sich Marie-Anne und Grégoire für die unfreiwillige Wanderung bereit machten, fanden sie vor dem Haus einen Esel am Ring neben der Tür angebunden. Der Prediger, der bei den Waldensern »Barba« genannt wurde, hatte ihn für die hochschwangere Frau gebracht, damit sie nicht den ganzen Weg zu Fuß gehen müsste.

Die Männer und Frauen aus der Nachbarschaft zogen in einer langen Kette an Marie-Annes Haus vorbei und nahmen sie fürsorglich in ihre Mitte. Die Männer kannten einen gewundenen engen Pfad, der sie zwischen steilen Felswänden hindurch in das Tal ihrer Zuflucht führen sollte. Es würde jedoch schwer werden, diesen Weg jetzt im tiefen Winter zu finden, denn es lag überall hoch Schnee.

Noch bewahrten die Vertriebenen im Vertrauen auf Gott ihren frohen Mut und ihre Tapferkeit. Grégoire führte den Esel an der Leine und hielt sich eng an Marie-Anne, seine Beschützerin, denn der Barba hatte ihm die Aufgabe übertragen, gut auf sie achtzugeben.

Der Barba war ein gütiger Mann. Er wusste, dass Gégoire derjenige gewesen war, der dem Bischof das Versteck der Felsenkirche verraten hatte, und er wusste auch, dass der Junge keine böse Absicht dabei gehabt hatte. Darum war er freundlich zu ihm gewesen und hatte ihm von dem Kind erzählt, das auch für ihn geboren worden war, um alle Schuld und Sünde wegzunehmen. Der Barba spürte, dass man Grégoire nun vertrauen konnte, und er hatte recht damit. Der Junge war fest entschlossen, Marie-Anne und ihren Glaubensgenossen zu dienen, und sollte es sein Leben kosten.

Der Pfad klomm nun immer höher den felsigen, unwirtlichen Berg hinauf. Streckenweise wurde er so steil, dass Marie-Anne vom Esel absteigen musste, um es dem Tier leichter zu machen. In ihrem hochschwangeren Zustand war es für die Frau eine sehr beschwerliche Reise.

Die Männer hatten es sich zur Aufgabe gemacht, mit ihren schweren Bergstiefeln, unter die einige von ihnen aus Rohr geflochtene Teller gebunden hatten, einen gangbaren Pfad in den tiefen Schnee zu treten. In ihren Spuren konnten die Frauen leichter vorankommen. Einige Männer hatten sich vorsorglich Fackeln angefertigt und entzündeten sie nacheinander, als es dunkel wurde. Das Ende der mühevollen Wanderung war nicht abzusehen, deshalb mussten sie mit den Fackeln sparsam umgehen. Es kam die Nacht und kaum einer der Leute hatte noch genug Kraft, um weiterzugehen. Der dichte Nadelwald, durch den sie zu Beginn des Aufstiegs gewandert waren, lag schon lange hinter ihnen. Jetzt wurde ihr Weg von steilen Felshängen

gesäumt und immer wieder hatten sie über manns-
hohe Steinbrocken zu klettern.

Bis zu einer großen Höhle im Fels sollte es nun
nicht mehr weit sein. Dort wollten sich die Flüchtigen ausruhen. Einige Männer hatten vorausschauend
Zweige von den Bäumen geschlagen und trugen sie
in Bündeln mit sich, um ein notdürftiges Lager er-
richten zu können. Bis zu dieser Höhle müssten sie
es auf jeden Fall schaffen, wenn sie das rettende Tal
jemals erreichen wollten. Sie hatten ihr Dorf zu spät
verlassen und nicht damit gerechnet, wie sehr der
Schnee ihre Flucht verlangsamen würde.

Plötzlich standen die Männer, die den Zug an-
führten, vor einer hohen, unüberwindlichen Wand.
Der Weg schien im Nichts zu enden. Bisher hatten
sie überall einen Ausweg gefunden, aber hier gab es
kein Weiterkommen. Oder doch? Der Barba je-
denfalls mochte sich noch nicht geschlagen geben.
Von einer Seite der Wand stapfte er zur anderen
und suchte im Licht der Fackel nach einem Durch-
schlupf. Seine kleine und verzagte Gemeinde sah,
wie er schließlich, die Arme zum Himmel erhoben,
laut um Hilfe und Weisung betete.

Und sein Gebet wurde erhört. Ausgerechnet
Grégoire war es, der an der seitlich liegenden Wand
den Einstieg in die gesuchte Höhle entdeckte. Er
schwenkte die Arme und rief zu den Männern
hinüber, um sie auf das dunkle Loch im Felsen aufmerksam zu machen.

Ungläubig zuerst, dann erleichtert und froh näherte sich die kleine Gruppe der Flüchtlinge dem Eingang. Tatsächlich hatten sie den tief in den Felsen reichenden Schlund einer weit ausgedehnten Höhle vor sich. Hier könnten sie, geschützt vor Schnee und eisigem Wind, endlich rasten.

Die Frauen, die noch halbwegs bei Kräften waren, schichteten die mitgebrachten Zweige zu einem Schlaflager auf. Ein paar von ihnen hatten für die Flucht ihre Esel mit vollen Körben beladen und konnten nun Felle und Decken, gebackene Haferkuchen, gesalzenes Fleisch und Säcke mit Maroni zu ihrem Lagerplatz bringen.

Marie-Anne hatte sich schwerfällig auf einem der Reisigbetten niedergelassen. Plötzlich hielt sie sich den Leib und gab einen unterdrückten Schrei von sich. Sofort rannte Grégoire zum Barba. Hier und jetzt, in Kälte, Fremde, Schnee und Nacht, sollte ein Kind geboren werden, arm und heimatlos. Der Barba war nicht nur Prediger, sondern auch in der Heilkunst bewandert. Er ließ sich von Grégoire zu Marie-Anne bringen und kümmerte sich um sie. Den Jungen schickte er zum Feuer, über dem schon an einer Astgabel ein Kessel mit geschmolzenem Schnee hing. Bald würde man einen kleinen Ledereimer mit warmem Wasser benötigen. Eilfertig befolgte Grégoire, was der Barba ihm auftrug.

Kurze Zeit später hatte Marie-Anne ihre Schmerzen überstanden und das leise Schreien eines Kindes war in der Höhle zu hören. Alle, die in der Nähe standen, hoben den Kopf. Sollte es also wahr sein? War hier auf der Flucht ein Kind geboren worden? Und das mitten im Winter zur weihnachtlichen Zeit – wohl zu der halben Nacht!

Vorsichtig näherte sich Grégoire seiner Beschützerin, um das schwarzflaumige Köpfchen des Neugeborenen im Schein einer Fackel betrachten zu können. Unsicher blickte er zum Barba auf und wollte wissen, ob das nun das Kind sei, das auch für ihn geboren worden sei. Ernst schüttelte der alte Mann den Kopf. »Nein, das Kind, das auch für dich geboren ist, sitzt jetzt auf einem Thron im Himmel neben Gott, dem Vater. Es ist Christus, der Erlöser der Welt.«

Männer und Frauen stellten sich nun in weitem Kreis mit den Stümpfen ihrer Fackeln um das Lager der Frau auf und sangen einen Lobpsalm ob der glücklich überstandenen Geburt. Der Gesang hallte in der großen Höhle wie ein Engelchor wider. Der Wöchnerin, deren Gesicht ganz weich vor Freude geworden war, rannen Tränen über die Wangen. Auch Grégoire hatte solch einen inbrünstigen Gesang noch nie gehört.

Der Barba wandte sich an den Jungen und sagte leise: »Dieses Erdenkind dort wird auch zu Christus gehören – wie du, wenn du deine Sünden Gott übergibst.«

»Wie kann ich nur zeigen, dass ich von Herzen

bereue!«, rief Grégoire unter Tränen. Beruhigend legte ihm der Barba eine Hand auf die Schulter. »Gib Gott dein ganzes Herz und bleib dabei. Das ist Reue.«

Der Junge hatte zwar nicht alles begriffen, aber nun fiel er neben dem Lager von Marie-Anne auf die Knie und faltete die Hände. Das Neugeborene gemahnte ihn an das Christuskind, und so betete er aus vollem Herzen: »Christus, vergib mir meine Schuld. Du allein rettest aus Sünde und Not.«

Das Weihnachtsgeheimnis

Für die Familie sollte es das erste gemeinsame Weihnachtsfest in Deutschland werden. Der Vater war Missionar in Südamerika gewesen, aber weil seine Frau das heiße Klima nicht vertragen hatte, war er von der Missionsgesellschaft in die Heimat zurückbeordert worden. Martin und Jan, die beiden großen Söhne, freuten sich, als sie das Missionsinternat verlassen und zu den Eltern und den beiden Schwestern Gertrud und Beate zurückkehren konnten.

Die drei älteren Geschwister hatten Deutschland bei einem Heimaturlaub der Eltern schon kennengelernt, aber die kleine Beate war damals noch nicht auf der Welt gewesen. Sie kannte das neue Land nicht, auch nicht die enge Großstadt, die Kälte und den Schnee. Es gab viel Neues für sie zu entdecken, als die Familie sich in Deutschland niederließ. Nun ging es auf Weihnachten zu und Beate konnte die weiße Pracht der Winterwelt bewundern.

Für seine jüngste Tochter hatte der Vater eine Puppe als Weihnachtsgeschenk besorgt. Es war kein Mädchen, wie Beate schon mehrere besaß, sondern ein braunäugiger Junge mit blonden Locken. Kopf und Glieder ließen sich bewegen und er konnte richtig auf seinen Füßen stehen. Voller Stolz und Vorfreude packte der Vater zu Hause die Puppe aus, um sie seiner Frau zu zeigen. Ausgerechnet in diesem Moment steckte die neugierige Gertrud ihren Kopf durch die Tür, und ehe die Eltern es merkten, war sie schon ein paar leise Schritte zu ihnen hingeschlichen.

Als die Mutter sich umblickte und Gertrud mit großen Augen auf das Geschenk für die kleine Schwester starren sah, erschrak sie. Und das zu Recht. Denn leider verhielt es sich so, dass Gertrud kein Geheimnis für sich zu behalten vermochte. Das war allen in der Familie gut bekannt. Selbst wenn sie mit tausend Schwüren versprach, nichts zu verraten, konnte Gertrud doch nie den Mund halten.

Wieder einmal ermahnten die Eltern Gertrud eindringlich, nichts von der Puppe zu erzählen, und wieder einmal versprach Gertrud mit der Hand auf dem Herzen und treuem Blick, unter keinen Umständen etwas weiterzusagen. Die Mutter vermochte einen kleinen Seufzer nicht zu unterdrücken, aber was sollte man machen? Sie konnte nur hoffen, dass Gertrud der kleinen Schwester dieses Mal nicht die Freude verderben würde.

Mit roten Wangen saßen die Kinder in den nächsten Tagen an ihren Weihnachtsarbeiten. Martin und Jan sägten, schnitzten und leimten hochkonzentriert und schweigend hinter verschlossenen Türen. Aber im Kinderzimmer der Mädchen wurde gemalt, gebastelt und geschwatzt. »Was ich wohl vom Christkind bekommen werde?«, fragte plötzlich Beate in die Weihnachtsgespräche hinein.

Das war zu viel. Bisher hatte sich Gertrud mit Mühe an ihr Versprechen gehalten. Als sie aber nun die hoffnungsfrohen Augen Beates auf sich gerichtet sah, wäre das Geheimnis beinahe aus ihrem übervollen Herzen herausgeplatzt. »Soll ich dir was sagen?«, fragte sie vorsichtig. Beate schüttelte den Kopf. Sie wollte nichts wissen, es sollte doch eine Überraschung bleiben!

»Nein, sagen darf ich nichts«, rief sich Gertrud insgeheim zur Ordnung. »Dazu bin ich jetzt wirklich zu alt!«

Aber es war zu spät. Der Druck war bereits so groß, dass sie ihm nichts mehr entgegenzusetzen hatte. Da kam ihr die rettende Idee: »Sagen werde ich nichts, natürlich nicht! Aber singen, das darf man doch.« Sie sangen ohnehin oft bei ihren Bastelarbeiten ihre liebsten Weihnachtslieder. Man könnte doch in »Oh Tannenbaum« den Text so abändern, dass es plötzlich hieße: »Oh Tannenbaum, oh Tannenbaum, ich sah einst eine Puppe. Die schönste Puppe, die ich kenn …« Da war es draußen. Ganz von alleine, aber nur gesungen, nicht gesagt.

So dumm war Beate jedoch nicht. »Was für eine Puppe? Eine große? Eine Babypuppe?«

Jetzt befiel die treulose Sängerin plötzlich ein großer Schrecken. Wie sollte sie den Fehler nur wiedergutmachen? Schnell lachte Gertrud etwas gezwungen und versicherte der Schwester, sie habe beim Singen nur einen Spaß gemacht. Von Puppen und derartigen Dingen könne sie nichts sagen. Enttäuscht ließ Beate den Kopf hängen. Sie hatte schon angefangen, sich richtig zu freuen.

Dann kam endlich der Tag aller Tage, der Weihnachtstag. Alle Kinder freuten sich. Nur Beate war nicht richtig froh. Insgeheim musste sie ständig an die Puppe denken. Gertrud hatte immer nur fest die Lippen zusammengepresst, wenn die Kleine mit schlauen Fragen versucht hatte, noch etwas aus ihr herauszubekommen.

Die Glocke klingelte. Martin, Jan, Gertrud und Beate schritten feierlich und erwartungsvoll durch die von den Eltern weit geöffnete Tür. Alles war wundervoll und weihnachtlich. Aber tatsächlich lagen auf Beates Tisch neben dem bunten Teller mit dem üblichen Weihnachtsgebäck nur ein Spiel, ein Buch und ein paar Kleinigkeiten. Beate kämpfte mit den Tränen. Sie wollte auf keinen Fall undankbar sein und das Spiel war ja auch sehr schön.

Aber jetzt hob die Mutter das lange weiße Tischtuch und winkte Beate zu sich heran. Und da stand er, ein Puppenwagen mit dem blond gelockten Puppenjungen, der mit einem Pullover und langen

Wollhosen prächtig gekleidet war. Die braunen Augen begrüßten freundlich die neue Mutter.

Gertrud spürte, dass sie den heimlichen Druck auf der Seele nicht in die Weihnachtsstube mitbringen dürfte. Ihre Beichte stürzte den betrübten Eltern entgegen. Aber heute war das Fest der Liebe und da wurde alles verziehen. Und ein klein wenig mussten die Eltern doch schmunzeln über den Einfall ihrer Tochter, nichts zu sagen, sondern zu singen!

Die verlorene Tochter

Annette hatte alles, was das Leben angenehm machte. Ihre wohlhabenden Eltern hatten sich beim Weihnachtsurlaub auf einer Südseeinsel mit einer Viruskrankheit infiziert und waren beide kurz nacheinander gestorben. Annette war die Alleinerbin.

Sie zog ins Haus der Eltern und legte ihr Vermögen gut an. Ihren Beruf wollte sie jedoch nicht aufgeben. Sie leitete einen exklusiven Modesalon, und die Arbeit machte ihr Freude. Verheiratet war sie nicht, irgendwie hatte sie nie den richtigen Mann gefunden.

Nun war es wieder Dezember geworden. Annette hasste den unsinnigen Weihnachtsrummel. Schon seit September konnte man Weihnachtsgebäck kaufen. Im November waren die Schaufenster weihnachtlich umdekoriert worden. Weihnachten war verkaufsfördernd und das musste genutzt werden. Auch in Annettes Salon hatte der Dekorateur sich Mühe gegeben, die Schaufenster dezent, aber originell zu schmücken.

Annette konnte das alles nicht mehr sehen. Mit Weihnachten wusste sie nichts anzufangen und sie hatte es satt, überall an das bevorstehende Fest erinnert zu werden.

Sie hielt es für das Beste, zu verreisen. Nicht in die Südsee, aber vielleicht in die Berge zum Skilaufen. Irgendwohin, wo es keinen Festrummel gäbe. Sie holte sich stapelweise Prospekte aus dem Reisebüro. Aber es war wie verhext. Überall wurde groß mit »Weihnachtsüberraschungen« geworben, mit festlichem Essen und stimmungsvollem Ambiente »wie zu Hause«. War denn kein Entkommen vor dem Fest?

An allen Straßenecken standen Christbäume, vor jedem großen Geschäft. Prunkvolle Lichterketten schmückten die Straßen. Annette fühlte sich leer und zugleich überfüllt. Leer, weil sie den Sinn des Festes nicht verstand, überfüllt, weil ihr die weihnachtliche Stimmung von allen Seiten aufgezwungen wurde.

Seufzend warf sie sämtliche Prospekte in den Papierkorb. Sie würde Weihnachten ignorieren. Sie würde sich allein in ihrem schönen Haus aufhalten, auf jegliches Schmücken verzichten und so tun, als gäbe es das Fest nicht.

Mit diesem Entschluss ging sie durch den Advent. Heute war nun der 24. Dezember und sie verbrachte den Vormittag noch im Modesalon. Dem Inhaber war es wichtig, das Geschäft vor allem für die späten Käufer bis zum letzten Moment geöffnet zu haben.

Die Ladentür klingelte und eine junge Frau betrat den Laden. Sie sah nicht nach gehobener Mode aus, sondern eher, als hätte sie sich verlaufen. Sie fühlte sich sichtlich unwohl.

Annette, der es in Fleisch und Blut übergegangen war, jeden Kunden zumindest höflich zu empfangen, ging auf sie zu und fragte nach ihren Wünschen.

Verlegen und mit rotem Kopf stand die junge Frau vor ihr und wirkte plötzlich sehr kindlich. Sie schien Angst zu bekommen und wandte sich schnell zur Tür, doch Annette hielt sie am Ärmel fest.

»Sie wollten doch etwas«, sagte sie freundlich, »oder haben Sie sich nur verlaufen?« Annette wusste selbst nicht, warum sie sich überhaupt um dieses fremde Mädchen kümmerte.

Die Kleine blickte zu Annette auf und der Ausdruck in ihrem überschmalen Gesicht war so erschreckend hoffnungslos, so unglaublich verlassen, dass Annette plötzlich ein Mitgefühl in ihrem Inneren spürte, wie es ihr bisher fremd gewesen war. Kurz entschlossen nahm sie das junge Mädchen mit nach hinten in ihren Arbeitsraum. Es war völlig durchgefroren und blass, ja geradezu bläulich vor Kälte.

Annette hatte eigentlich überhaupt keine Übung im Umgang mit Menschen, es sei denn mit gut betuchten Käufern. Aber hier verspürte sie solche Anteilnahme, dass sie nicht locker ließ, bis das Mädchen seine Geschichte erzählt hatte.

Es war eine einfache Geschichte. Die junge Frau hieß Johanna und war in einen Freundeskreis geraten, den die Eltern nicht hatten gutheißen können. In dem Gefühl, unverstanden zu sein, hatte sich Johanna trotzig von ihnen losgesagt. Um richtig dazuzugehören und nicht als Spielverderberin zu gelten, hatte sie alles mitgemacht – bis sie ungewollt schwanger geworden war. Der Freund hatte sie Knall auf Fall vor die Tür gesetzt und nun wusste sie nicht weiter. Sie war in das erstbeste Geschäft gegangen, um sich etwas aufzuwärmen. Zu den Eltern zurückzugehen kam nicht in Frage. Es gab für sie nur einen Weg und vor dem schreckte sie zurück.

Annette hörte zu und war über sich selbst erstaunt. Diese ganze Geschichte hatte sie mit Geduld und Interesse aus der Fremden herausgeholt. Mit Schrecken wurde ihr klar, dass sie jetzt gefordert wäre. Wie könnte sie helfen? In ihrem Haus war Platz genug, um dem Mädchen für eine Nacht Unterkunft zu bieten. Aber wie sollte es dann weitergehen? Eines würde das andere nach sich ziehen, wenn sie sich jetzt ernsthaft auf das Mädchen einließe. Aber sie fühlte, es gab kein Zurück mehr. Also nahm sie Johanna erst einmal mit nach Hause, als sie das Geschäft geschlossen hatte.

Als Nächstes rief sie die Eltern der verlorenen Tochter an. Möglichst sachlich und kühl sagte sie der Mutter, dass Johanna bei ihr gelandet sei. Die

Frau weinte und schluchzte so sehr, dass sie den Hörer an ihren Mann weitergeben musste, weil sie nicht mehr sprechen konnte. Der Mann hörte sich schweigend an, wie Annette die Geschichte wiederholte. Ruhig und gefasst bat er Annette, ihnen die Tochter zu bringen. Dann korrigierte er sich. Nein, er würde Johanna selbst abholen. Er wollte der Dame, die sich schon so sehr um Johanna gekümmert hatte, keine weiteren Unannehmlichkeiten zumuten. Doch da regte sich etwas in Annette, was sie nicht recht einordnen konnte. Sie wollte Johannas Eltern kennenlernen und bestand darauf, das Mädchen zu ihnen zu bringen.

Als Annette und Johanna bei Johannas Eltern eintrafen, hatte sich die Mutter wieder gefasst. Der Vater nahm die Tochter mit ernster Würde entgegen, ohne Vorwürfe, ohne Fragen. Ihr Haus, das weit draußen vor der Stadt lag, war nicht groß, aber Annette merkte, wie liebevoll es eingerichtet war, und bewunderte den dezenten Geschmack. Johannas Eltern hießen Annette herzlich willkommen und führten sie durchs Haus. Als die Mutter vor einer Tür lächelnd zu verstehen gab, dass dieses Zimmer noch nicht zu betreten sei, wollte Annette sich hastig verabschieden. Sollte sie auf so ungewöhnliche Weise wieder von Weihnachten eingeholt werden? Aber Johannas Eltern ließen sie nicht gehen.

Es gibt Menschen, die einfach überzeugend wirken, wenn sie sich als Christen bekennen. Solche Menschen lernte Annette in Johannas Eltern kennen. Es war nichts Deplatziertes dabei, die Weihnachtsgeschichte unter dem schön geschmückten Baum zu erleben. Annette, zunächst skeptisch, wurde immer mehr von der Schlichtheit des Lukasberichtes gefangen genommen. Überall sah sie Anzeichen dafür, dass Johanna von den Eltern erwartet worden war. Dabei hatte sie sich doch so ausdrücklich von den Eltern getrennt. Annette fühlte sich so gelöst, dass sie wusste, sie könnte ihre Frage stellen, ohne taktlos zu wirken. »Wieso haben Sie trotz allem damit gerechnet, dass Johanna zu Ihnen zurückkehren würde?«

»Wir haben gebetet, Tag für Tag«, antwortete der Vater. »Das Kind, das heute geboren ist, der Retter der Welt, kennt uns und unsere verkehrten Wege. Er hat die Macht, auf krummen Linien gerade zu schreiben. – Das stammt nicht von mir«, setzte der Vater hinzu. »Aber es ist trostvoll, finden Sie nicht auch?«

Ja, das fand Annette auch. Und plötzlich spürte sie, wie trostbedürftig sie in der dürren Wüste ihres Lebens gewesen war, ohne es zu wissen.

Wölfe

Im hohen Norden des Baltikums, eingeschlossen von unendlichen Wäldern, lag einsam ein kleines Dorf. Es war der Tag vor dem Heiligen Abend, als dort ein Junge von etwa 14 Jahren beim Pfarrer vorstellig wurde. »Die Mutter liegt im Sterben. Das Kind will nicht kommen. Bitte, Herr Pfarrer, die Mutter möchte gesegnet sterben!«, bettelte der Junge mit tränennassem Gesicht.

Den Pfarrer kam diese Bitte so kurz vor dem Christfest schwer an. Natürlich, er hätte zu helfen, da waren Menschen in Not. Doch andererseits erwartete die Gemeinde einen langen, festlichen Gottesdienst. Längst hatten Küster und Bürgermeister vier mächtige Tannen aus dem Wald geholt und hinter dem Altar aufgestellt, Kerzen und Flitter waren aufgesteckt, die Zeit war knapp.

Nun kam dieser Junge auf seinen Skiern von einem Einödhof mitten in dem abgelegenen, endlosen Wald. Seine Mutter lag in den Wehen und es stand nicht gut um sie. Plötzlich hatte die Gebärende eine lähmende Angst überfallen, die Geburt nicht zu überstehen. So lange hatte sie um den Trost des Geistlichen gebeten, bis Jonas, der Älteste von acht Kindern, die Skier aus dem Schuppen geholt und sich ganz allein auf den Weg gemacht hatte.

Während der Pfarrer noch hin und her überlegte und zögerte, stand schon seine Frau mit dem dicken Bärenpelz und der schwarzen Fellmütze vor ihm. »Natürlich wirst du fahren! Wenn du beide Gäule vor den Schlitten spannst, kannst du es schaffen.« Die Pfarrfrau, die selbst reich mit Kindern gesegnet war, wusste, was eine Geburt bedeutete.

Schnell war nun alles für die Abfahrt bereitet. Jonas durfte die Zügel halten und ließ die Pferde laufen. In dicke Pelzdecken eingepackt, saßen der Mann und der Junge dicht beieinander auf dem kleinen Schlitten. Zwar schneite es nicht mehr und der Himmel spannte sich glashell über den Bäumen, doch wurde der Wald immer dichter und bald fiel das Tageslicht nur mehr spärlich auf den tief verschneiten Weg.

Stundenlang fuhren die beiden Gefährten so durch die winterliche Ödnis. Sie sprachen nicht viel, zu groß waren ihre Sorgen, um die Mutter beim einen und um eine Seele beim andern.

Doch welches Glück, als sie in der Dämmerung endlich ihr Ziel erreichten! Gerade hatte sich das kleine Schwesterchen doch noch besonnen und sich von der Hebamme endlich, wohl klein und zart, aber ohne Schaden holen lassen.

»Gute Frau, da bin ich gerade zur rechten Zeit gekommen, um mit dir und deinem Mann für die glückliche Geburt zu danken.« Der Pfarrer nahm auf dem angebotenen Stuhl an ihrem Bett Platz.

Alle Kinder durften nun zur Mutter. Auch das Gesinde, der Knecht und die alte Magd, schoben sich scheu durch die Tür.

»Ihr dürft aber zur Nacht nicht mehr fahren«, warnte der Bauer, »die Wölfe!«

»Ist das so und könnt ihr mich diese Nacht beherbergen, fahre ich morgen, sobald es hell wird. Aber eins können wir jetzt noch tun. Wir wollen das Kleine gleich taufen. Wer weiß, wann ich wieder zu euch in den Hinterwald kommen kann.«

Freudig wurde der Vorschlag aufgenommen. Mit Hilfe der Magd und der Hebamme, die sich auch nicht mehr vor Tag nach Hause getraute, wurde das kleine Mädchen auf den Namen Anna-Marie getauft.

Der Morgen graute kaum, die Sonne stand noch tief hinter dem Wald, da machte sich der Pfarrer schon auf den Rückweg. Auch in der Nacht hatte es nicht mehr geschneit und die Schlittenspur war noch deutlich zu erkennen. Der Pfarrer ließ die Pferde laufen, so schnell sie konnten. Er wollte möglichst bald zu Hause sein.

Aber da war noch etwas, was ihn immer eiliger aus dem finsteren Wald in sein Dorf trieb: ein fernes Heulen, klagend und furchterregend, das langsam lauter wurde. Auch die Pferde hatten es wahrgenommen und brauchten nicht mehr angetrieben zu werden. Der Pfarrer legte die Peitsche zur Seite. Nichts sollte die Wölfe auf ihr Gefährt aufmerksam machen. Aber zu spät – nun war da kein Heulen mehr, nun war es Hecheln und rasender Lauf!

»Oh Gott, erbarme dich! Oh mein Gott, hilf!« Mit nach hinten gewandtem Gesicht klammerte sich der Pfarrer an die Zügel. Wann würde das Rudel in seinem Blickfeld auftauchen?

Mit einem Mal vernahm er ein Rauschen im Unterholz und ein Hirsch, das mächtige Geweih voran, ein Hinterlauf blutig-zerfetzt, wohl aus einer Falle gerissen, brach mit keuchendem Atem und schon ersterbendem Auge auf den Weg und stürzte gleich hinter dem Schlitten! Schon kam auch das Wolfsrudel heran. Noch ehe das Schlittengespann um eine Kurve jagte, waren die grauen Jäger bei dem verendenden Hirsch und fielen über die wehrlose Beute her.

Der Pfarrer aber und seine verängstigten Pferde waren wundersam gerettet. »Ist mein Gebet so schnell erhört worden?« Hatte selbst er erst lernen müssen, von Herzen zu glauben?

Dieser Weihnachtsgottesdienst wurde für die Gemeinde ein Fest voll Lob, Preis und Dank, nicht allein um der Geburt des Jesuskindes willen, sondern auch wegen der Errettung ihres Hirten aus höchster Todesnot.

Das unerwünschte Kind

Im Heidehof war die steingepflasterte Diele zugleich Küche und allgemeiner Wohnraum. Dort gab es eine hüfthohe Feuerstelle, ein Rauchloch oben im Dach und drei feste Haken übereinander, um die schweren eisernen Kochkessel hoch oder niedrig anzuhängen. Unter dem kleinen Fenster an der Wand zum Hof stand ein langer Holztisch mit groben Hockern, die der Altbauer selbst geschreinert hatte. Dort saßen nun der Jungbauer und der Knecht und warteten darauf, dass die Bäuerin den Haferbreikessel vom Haken nähme.

Auf der anderen Seite hatte man in die dicke Steinmauer das Küchenbord eingebaut. Von dort holte Wiebke, die Kleinmagd, die große Holzschüssel für den Brei und nahm die derben Trinkkrüge von den Haken.

Nachdem der letzte Rest aus der Schüssel gekratzt worden war, erhob sich die Bäuerin als Erste wieder und ging in die Stube. Dort standen die Schlafbänke an den Wänden, es gab einen langen Tisch, ein Spinnrad und einen Webstuhl. Sie setzte sich, um den festen Wollstoff für den Winterrock ihres Mannes zu weben. An der Wand über dem Tisch hing ein einziges Bild, Jesus mit einem Lamm auf den Schultern.

Der Bauer und der Knecht gingen durch den schmalen gepflasterten Gang zwischen den Kühen hindurch auf den Hof. Jeder hatte seine Arbeit. Mit langen Strichen fegte Wiebke um die Herdstelle herum.

Sie war noch nicht richtig ausgewachsen, fast ein halbes Kind. Aber eines Nachts war der Knecht zu ihr in die Schlafkammer gekommen, hatte sie gepackt und ihr Gewalt angetan. Gegen den kräftigen Mann hatte sie sich nicht wehren können. Und nun war sie schwanger und wusste nicht, wie lange man sie noch auf dem Hof dulden würde. Ihren wachsenden Leib hatte sie bisher unter den weiten Röcken und der zu großen Schürze verbergen können. Aber mittlerweile verstreute der Herbststurm die letzten goldgelben Blätter der Birken über die Heide und als Nächstes würde der Winter kommen und mit ihm eines Tages das Kind.

Mit dem Handrücken wischte sich Wiebke verstohlen die Tränen von den blassen Wangen. Durch das quadratische Fenster in der Stubentür beobachtete die Bäuerin die Magd. Sie wusste Bescheid, denn Wiebke hatte ihr gleich nach dem schrecklichen Erlebnis ihre Not anvertraut. Es wurde Zeit, dass sie einmal mit ihrem Mann am Abend in der Schlafkammer spräche. Hinter den mit Blaudruck verzierten Vorhängen des breiten Wandbetts wollte sie dem Bauern klarmachen, wie unschuldig die Magd an ihrem Verhängnis war. Sie hatte bisher geschwiegen, weil sie ihren Mann und seinen Jähzorn kannte. Er würde natürlich der Frau die Schuld geben und nicht dem Knecht. Die Wirtschaft würde er ohne den Knecht nicht führen können, also würde er ihn nicht wegschicken wollen. Die Magd dagegen ...

Die Bäuerin war unglücklich darüber, dass sie ihrem Mann keinen Sohn hatte schenken können. Jahr um Jahr hatten sie auf den ersehnten Erben gewartet, aber er war ausgeblieben. Und nun war die kleine Wiebke schwanger. Das schnitt der Frau ins Herz. Was sollte sie tun? Es würde schwer werden, den Bauern davon zu überzeugen, Wiebke auf dem Hof zu behalten. Und so zögerte sie Abend für Abend das klärende Gespräch hinaus.

Der Winter kam und es blieb nicht aus, dass der Bauer endlich stutzig wurde. Warum wölbte sich Wiebkes Schürze so? Hatte sie etwas zu verbergen?

Der Bauer war ein frommer Mann. Auf einem Wandbrett standen eine alte Bibel, der christliche Jahreskalender und auch das Gesangbuch. In seinem Haus wollte er Sünde und Schande nicht dulden. Mit Missfallen schaute er auf die kleine Magd. Ein so junges Ding und schon verdorben! Nun konnte die Bäuerin nicht länger umhin, mit ihrem Mann zu reden.

Als sie das Thema im Himmelbett ansprach, brach der Sturm los. Die Frau ließ ihren Mann toben und schwieg. Wütend wandte er sich ihr zu.

»Du musst Rat schaffen!«, rief er. »Unter meinem Dach dulde ich keine derartige Schande. Das Mädchen muss gehen, das ist mein unumstößlicher Entschluss!«

Endlich fasste sich die Frau ein Herz und fing an zu reden: »Du musst dir den Knecht Jochen vornehmen. Er hat sie überfallen im Schlaf. Das Kind kann nichts dafür.«

»Das sagt sich leicht, im Schlaf überfallen! Der Jochen ist ein guter Knecht. Der soll nun Schuld haben? Der ist anständiger als alle anderen Knechte. Den lass mir aus dem Spiel!« Und dabei blieb er, die Frau mochte sagen, was sie wollte. »Hast du wirklich den Mut, das Kind in dem Zustand vor die Tür zu setzen?«, wagte sie noch einmal einen Vorstoß.

Aber ihr Mann blieb hart. »Soll sie meinetwegen zu den frommen Frauen ins Armenhaus. Ich werde sie hinfahren.« Das war das Äußerste, was die Bäuerin ihm abringen konnte.

Aber es kam ganz anders. Am nächsten Morgen, der dunkel und trübe war wie jeder Tag, meldete sich bei Wiebke der erste Schmerz. Mühsam erhob sie sich, um wie gewohnt früh an die Arbeit zu gehen. Wasser müsste von der Pumpe geholt werden. Es lag kein Schnee, aber um die Pumpe herum war es glatt gefroren. Wiebke mühte sich mit dem vollen Eimer, der ihr heute so viel schwerer vorkam als sonst. Sie rutschte auf den vereisten Pflastersteinen aus, ließ im Fallen den Eimer los und schlug mit dem Kopf hart an einen Stein.

Als die Bäuerin eine Weile auf das Wasser gewartet hatte, rief sie nach der Magd. Aber es kam keine Antwort. Langsam wurde sie unruhig und warf einen Blick in die Magdkammer. Vielleicht packte Wiebke ihre wenigen Sachen zusammen, da der Bauer sie heute zu den frommen Frauen ins Armenhaus bringen wollte? Doch nirgendwo war eine Spur von dem Mädchen zu finden. Nun konnte sie ihre Unruhe nicht mehr bezähmen und eilte durch den Kuhstall auf den Hof.

Dort fand sie die kleine Magd bewusstlos und mit einer blutenden Wunde am Kopf auf dem eisigen Boden liegen. Erschrocken schrie die Bäuerin nach ihrem Mann und dem Knecht. Beide kamen gleichzeitig herbeigeeilt. Sie glaubten, der Frau sei etwas zugestoßen.

Der Knecht hob Wiebke hoch und brachte sie in ihre Kammer. Das Gewissen plagte ihn schon lange, aber wie sollte er seine Schuld bekennen? Der Bauer war so fromm und Jochen hatte Angst, er würde ihn fortjagen, wenn herauskäme, was er getan hatte.

Nun aber trieb die Bäuerin die Männer aus der Kammer und kümmerte sich um die Verletzte. Die Wunde am Hinterkopf blutete, schien aber nicht tief zu sein. Wiebke kam wieder zu sich und fing an, schwer zu atmen und zu stöhnen. Obwohl sie selbst nie ein Kind zur Welt gebracht hatte, wusste die Bäuerin, was zu tun sei, und stand der jungen Frau als Hebamme bei. Es war eine leichte Geburt, vielleicht durch den Sturz beschleunigt, und das Kind war nicht groß. Bald lag es da, ein Junge, ein Sohn, während die junge Mutter noch gar nicht so recht begriff, was da vor sich gegangen war. Mit erschrockenen Augen blickte sie auf das nackte Wesen, das die Bäuerin in beiden Händen hielt. Dann legte sie sich erschöpft in die Kissen zurück.

Zum Frühmahl, das heute einige Zeit später als sonst begann, erschien die Bäuerin mit einem weißen Bündel auf dem Arm am Tisch. Wie würde ihr Mann das unerwünschte Baby aufnehmen? Vorsichtig entfernte sie das Tuch von dem winzigen runden Gesicht und hielt es dem Mann hin. Ein Paar ernste dunkle Augen waren unverwandt auf den Bauern gerichtet.

Da ging in dem Mann etwas Seltsames vor. Er blickte auf das Kind und fragte sich sehnsüchtig, warum es nicht sein Eigenes hätte sein können.

Dann hielt die Frau das Neugeborene dem Knecht unter die Augen. Der verfärbte sich flammend rot vor unterdrückter Scham. Sein Sohn! Und der und die junge Wiebke sollten aus dem Haus? Da bekannte er stockend seine Schuld, verheimlichte nicht länger, was er der Magd angetan hatte. Die ganze Geschichte kam ans Licht.

So wurde es Weihnachten. Und eine, die schon

nicht mehr daran geglaubt hatte, durfte im Heidehof mitfeiern: die kleine Magd Wiebke. Auch dem Knecht wurde verziehen. Bauer und Bäuerin waren sich einig geworden: Der Junge sollte auf dem Hof bleiben und als ihr eigener Sohn aufwachsen. Wiebke würde dableiben, ihn nähren und aufziehen, solange er die eigene Mutter brauchte. Dann würde die Bäuerin ihn als Sohn und ersehnten Erben annehmen. So durfte sich Wiebke wie die anderen von Herzen an dem Fest erfreuen und Gott loben, dass er aus Not und Schande etwas Gutes gemacht hatte.

David und Goliath

Die Waldensergemeinde in den Piemonteser Alpen war mit ihrer Nachahmung der ersten Apostel, die in Armut und Verfolgung den auferstandenen Jesus verkündet hatten, der offiziellen Kirche ein Dorn im Auge. Den Waldensern wiederum war eine Kirche, die sich in Prunk und Pracht gefiel, auf Macht aus war und Gewalt gebrauchte, kein wirkliches Glaubensvorbild.

Papst und Bischöfe taten alles, um die verstockten Bergbewohner zu bekehren, und schreckten auch vor Zwangsmitteln nicht zurück. Und nun hatte der Bischof von Embrun ein Heer von Söldnern, Landsknechten, aber auch Gesindel jeglicher Art aufgeboten, um der Weisung des Legaten Cattaneus zu folgen. Der hatte befohlen, mit einem Heer unter der Führung eines berüchtigten Mannes, der als »der schwarze Mondopi« bekannt war, die Waldenser einzuschüchtern und zu unterwerfen.

Diese aber wollten lieber sterben als ihren Glauben aufgeben, und so blieb ihnen nur, mitten im Winter, in Eis und Schnee, höher hinauf in die Berge zu fliehen.

Schon vor langer Zeit hatten sie sich auf einem flachen Berggipfel eine Art Fluchtburg aus einem weiten Ring aus Steinbrocken geschaffen. So groß das feindliche Heer auch sein mochte, hier oben wollten sie ihm entgegentreten und sich mit allen Mitteln verteidigen.

So rüsteten sie sich also und es gab keinen in der Gemeinde, der nicht geholfen hätte. Die Frauen backten Brot, die Männer jagten Wild und legten eiligst Vorräte an. Gegen die Kälte hatten sie feste Kleidung, gewebt aus Schafwolle von ihren eigenen Herden.

Waffen waren indessen rar. Zwar hatten die Älteren ihre Jagdbüchsen, die Jungen jedoch trugen nur Pfeil und Bogen und ihre Schleudern, mit denen sie in Friedenszeiten so manches Kleintier erlegten. Als Rüstung trugen sie Tierhäute, die mit Korkeiche verstärkt waren, und ihre Helme waren ebenfalls aus Tierfellen gearbeitet.

Zu ihrem Führer hatten sie einmütig Angelo Revel gewählt, einen Bauern, der mit klugem Geist raten und helfen konnte. Und sein Sohn Peter führte mit Mut und Verstand die Halbwüchsigen an.

So zogen nun lange Reihen von Männern, Frauen, Greisen und Kindern still und auf die Hilfe Gottes vertrauend über gefährliche Pfade hinauf in ihre »Burg«. Die größeren Jungen, die im Jagen und Klettern geübt waren, stützten die Hilflosen und Schwachen.

Da sie immer unter Verfolgung zu leiden gehabt

hatten, kannten die Waldenser den Weg zu ihrer Fluchtburg gut, doch jetzt hatte Schnee die Pfade verweht und beinah unpassierbar gemacht. Nur beschwerlich und langsam kamen die Flüchtenden vorwärts, vorbei an Schluchten und über zu Eis erstarrte Wildbäche hinweg.

Endlich angekommen schaufelten Frauen und Kinder den Schnee aus dem Steinring und legten für die Alten und Kranken Felle auf dem blanken Felsen aus. Die Männer und die älteren Jungen aber schlichen auf nur ihnen bekannten Pfaden um den Berg herum. Wo würde der Feind auftauchen und angreifen? Und wann?

Sie mussten nicht lange auf die Antwort warten. Schon bald vernahmen sie das Feldgeschrei des heranrückenden Feindes. Das Heer des Cattaneus hatte es schwer gehabt, gangbare Wege zu den Flüchtlingen zu finden, und nicht wenige Männer waren ausgeglitten und in den Abgrund gestürzt. Dennoch näherte sich der feindliche Haufe unaufhaltsam.

Peter Revel hatte sich mit seinen Jungmännern hinter den Steinwall zurückgezogen, nachdem sie die Stärke des gegnerischen Heeres ausgekundschaftet hatten. Sie hielten sich bereit. Frauen und Kinder hoben die Hände und beteten: »Herr, hilf! Herr, erbarme dich unser!«

Da tauchte »der schwarze Mondopi«, der gefürchtete Riese mit seinem geschwärzten Gesicht, ausgerüstet mit Spieß und Schwert, am Felsenrand der Burg auf.

Breitbeinig stellte er sich vor die angsterfüllten Waldenser und forderte sie mit grausamem Lachen auf, mit ihm zu kämpfen. Ja er hob herausfordernd sein Visier, um die Furcht der Belagerten noch weiter zu schüren.

Doch das hätte er nicht tun sollen, denn Gott war mit der kleinen Herde: Sirrend sauste ein gut gezielter Pfeil über die Köpfe der gläubigen Gemeinde hinweg, genau in dem Moment, als der gewaltige Prahler sein Visier öffnete! Der Pfeil bohrte sich ihm in Auge und Hirn und fällte den gefürchteten Feind in einem Augenblick.

Als Söldner und Landsknechte sahen, wie ihr Führer erschlagen in den Schnee sank, verließ sie der Mut und sie wandten sich, das angeworbene Gesindel voraus, zu wilder, heilloser Flucht ...

Es hatte aufgehört zu schneien. Ein eisklarer Himmel mit einem Heer hell glänzender Sterne ließ die errettete Gemeinde aufschauen. Da erblickten sie den Stern der Heiligen Nacht. Jubelnder Gesang brauste über die Bergspitze hinunter ins Tal und gellte den letzten der flüchtenden Feinde in den Ohren.

Der tapfere »David« aber, Peter Revel, dankte Gott im Stillen, dass der seinen Pfeil gelenkt und sie für dieses Mal vor Not und Tod behütet hatte.